致母親

【鲁迅致母亲信】·一九三二—一九三六

母親大人膝下

鲁迅／著
夏晓静／编

中国青年出版社

我的母亲是很爱我的。

鲁迅

鲁瑞晚年在西三条21号堂屋留影。堂屋是一家人吃饭活动的地方，放着八仙桌、衣架等。在桌前的隔扇上挂着一幅中国画，画面上是一个五六岁的男孩子，这就是六岁夭折了的鲁迅的四弟。周氏兄弟当时为了安抚伤心的母亲，特请来绍兴名画师叶雨香画了四弟像。这幅画陪伴母亲度过了四十五个春秋，直至她去世。

[1923 年，
鲁迅手绘故居草图。]

一九二三年十月三十一日，《鲁迅日记》记：夜绘屋图三枚。

此是其中的一幅。图中可见鲁迅手写：此房座落在宫门口西三条胡同二十一号

东至吴姓　西至连姓　南至官街　北至张姓　地基填高一尺　四面围墙长高二尺

业主现住西四砖塔胡同六十一号　周树人

業主現住 西四、磚塔胡同、六十一号 周樹人

此房産坐落 宮门口西三條胡同二十一号

地基填高一尺、圍墙長高二尺

北至張姓

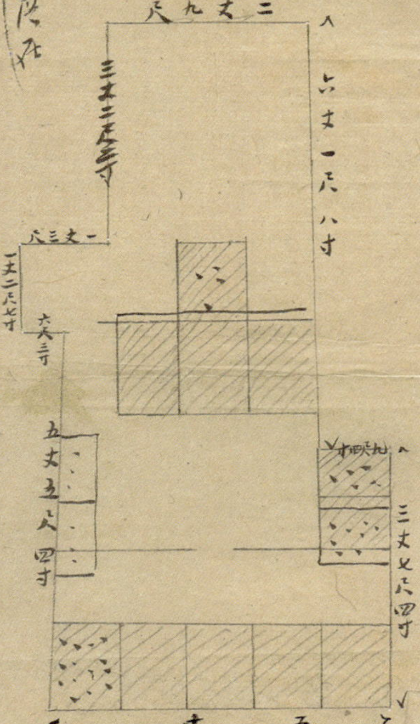

西至連姓

東至吳姓

南至官街

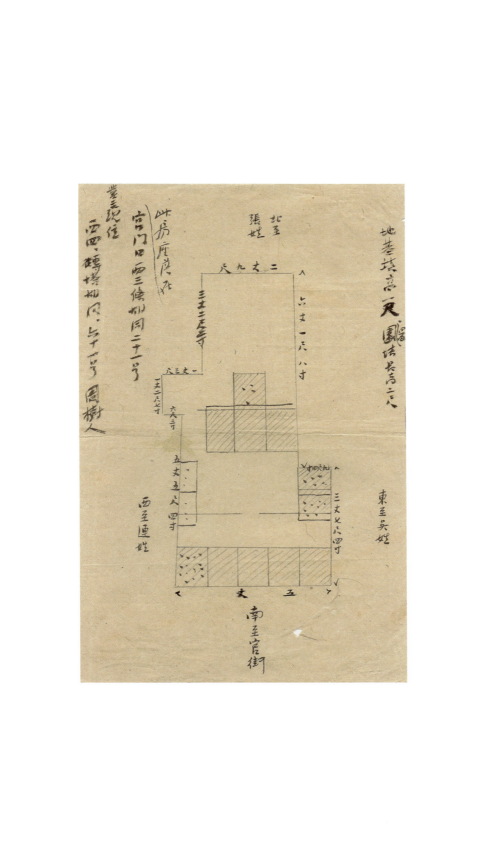

[*1930–1935* 年，
鲁迅随信寄给母亲的照片。]

⊙鲁迅五十岁生辰，全家合影。

⊙海婴生后三十一个月。

⊙一九三三年九月十三日摄于上海王冠照相馆。

⊙一九三二年九月十八日，海婴照。

⊙一九三二年九月十八日，海婴和许妈。

前言

前言

/夏晓静

鲁迅一生为了出版自己的著作写过三个自传。都是短短的千字文。最早的自传写于1925年：

我于一八八一年生在浙江省绍兴府城里的一家姓周的家里。父亲是读书的；母亲姓鲁，乡下人，她以自修得到能够看书的学力。听人说，在我幼小时候，家里还有四五十亩水田，并不很愁生计。但到我十三岁时，我家忽而遭了一场很大的变故，几乎什么也没有了；我寄住在一个亲戚家，有时还被称为乞食者。我于是决心回家，而我的父亲又生了重病，约有三年多，死去了。我渐至于连极少的学费也无法可想；我的母亲便给我筹办了一点旅费，教我去寻无需学费的学校去，因为我总不肯学做幕友或商人，——这是我乡衰落了的读书人家子弟所常走的两条路。

……

1911年辛亥革命成功。次年应中华民国临时政府教育总长蔡元培邀请，鲁迅到南京就职。五月，北上就任北京教育部部员。

1919年12月鲁迅回绍兴接母亲及妻子到北京，在新街口八道湾定居。三兄弟与母亲在这里团聚。

1923年7月19日，鲁迅收到周作人绝交信。8月2日携夫人朱安租住在砖塔胡同六十一号。母亲有时也来此小住。鲁迅开始急切地寻购新居，10月30日以800元的价格买到阜成门内宫门口西三条胡同二十一号——一个小四合院。

1924年5月鲁迅乔迁新居。并正式接来母亲同住。1926年鲁迅离京南下，母亲和朱安仍在此居住。现存鲁迅写给母亲的信，自此开始。

据《鲁迅日记》统计，鲁迅与母亲往来书信271封。其中，“得母亲信”151封，“寄母亲信”120封。遗憾的是这些书信大部分没有保存下来;“得母亲信”无一封保存;“寄母亲信”现仅存50封(其中一封为残信)。这50封信，第一封信写于1932年3月20日，最后一封写于1936年9月22日，其中还附有6封海婴写给娘娘(奶奶)的信，如今这些信都完好地保存在北京鲁迅博物馆。

鲁迅曾两次专程到北京探望母亲，1929年5月中旬鲁迅第一次回北京看望母亲，5月15日他在给许广平的信中写道:“家里一切如旧，母亲精神形貌仍如三年前，她说，害马为什么不同来呢? 我答以有点不舒服。”5月17日他又在给许广平的信中说:“午前，我就告知母亲，说八月间，我们要有小白象了。她很高兴，说，我想也应该有了，因为这屋子里，早应该有小孩子走来走去。”可见母亲是认可他俩的婚姻，并一直盼望着他们早点有个孩子。

鲁迅在给友人的信中也曾多次表达了母亲对他的爱，1925年4月11日他在给赵其文信中说:“感激，那不待言，无论从那一方面说起来，大概总算是美德罢。但我总觉得这是束缚人的。譬如，我有时很想冒险，破坏，几乎忍不住，而我有一个母亲，还有些爱我，愿我平安，我因为感激她的爱，只能不照自己所愿意做的做，而在北京寻一点小生计，度灰色的生涯。因为感激别人，就不能不慰安别人，也往往牺牲了自己，——至少是一部分。”1935年8月24日鲁迅又在给萧军信中道:“我的母亲是很爱我的”。

这50封信里，鲁迅着墨最多的是爱子海婴。从海婴的衣食起居，到他得病痊愈，逐渐健壮成长，上幼稚园，上学，每每都写得细致入微。母亲非常喜爱这个小孙子，鲁迅来信中如附有海婴的信，她一定要俞芳代笔给海婴复信，写完还要念给她听，认为不合适的地方要求俞芳修改，并重新誊抄后方寄出。1936年7月6日鲁迅又把“海婴已以第一名在幼稚园毕业”的喜讯报告给母亲，三代人之间的亲情就是这样以中国最传统的方式凝聚在方寸之间的信笺里，围绕在海婴这个“人之子”的一举一动之中。

1932年秋，母亲得病，鲁迅拖着病体赶到母亲身边，请日本医生看病开药，在鲁迅的细心照料下，母亲的病情逐渐好转。鲁迅除了关心母亲的起居饮食、身体健康，还不断满足她的精神需求。鲁迅特别敬重母亲靠自修得到阅读的能力，在三个自传中都特别提到这一点，知道母亲爱看小说，特别爱看张恨水的小说，鲁迅为她精心选购，《鲁迅日记》里多处有为母亲选购、邮寄小说的记载。

鲁迅在信中除了提到爱子海婴，还有三弟周建人的近况，他知道这也是千里之外的母亲最为关心的。自1936年起，鲁迅在信中提到最多的是自己的病体，他不同常人，从不向母亲隐瞒自己的病情，从“胃病”，到“肺病”，到“吐了几十口血”，一步一步向母亲透露自己的病情。最终走在了母亲的前面。母亲虽然很悲伤，但并没有被白发人送黑发人的不幸完全击垮，一方面是跟母亲坚强的性格有关，另一方面和鲁迅信中一点点透露自己的病情有关，这让母亲很早就有了一些精神准备，这实际上也是对母亲的爱，是心疼母亲替母亲着想的一种方式，这也使得母亲在得到自己噩耗后不至于过度悲伤。鲁迅走后，朱安继续陪伴着母亲，在她精心照料下，母亲于1943年以86岁高龄谢世。

鲁迅写给母亲的信中充满了亲情、体贴，话语浅近，且口语化，读来令人感动。鲁迅尊敬母亲、爱母亲，体谅与体贴母亲。鲁迅在《我们现在怎样做父亲》一文中阐明了父母子女之间应该是自然的爱、人性的爱、无私的爱。“有了子女，即天然相爱，愿他生存；更进一步的，便还要愿他比自己更好，就是进化。”鲁迅正是从母亲身上深深体会到这种天然的爱，他用他一生的奋斗把这种爱反哺给母亲，反哺给人民大众，使之升华为对祖国对人民更加广大深挚的大爱。

目录

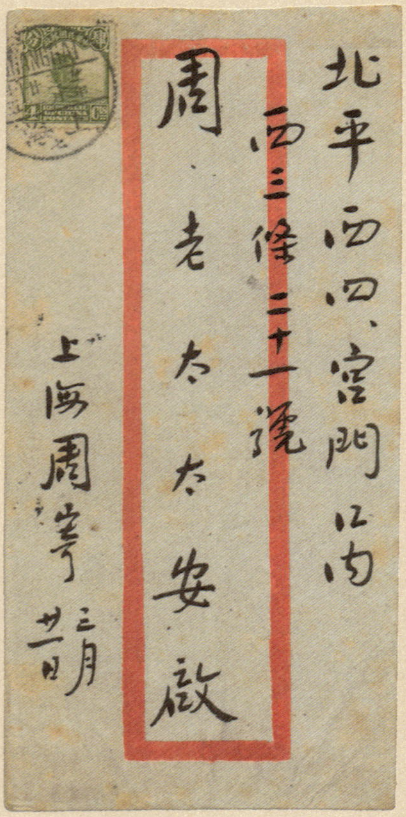

⊙一九三二年三月二十一日，原信封。

一九三二

（两封）

三月

七月

海嬰疹子見點之前一天、尚在街上吹了半天風、但次日即發得很好、移至旅館、又值下雪而大冷、亦並無妨礙、至十八夜、熱已退淨、遂一同回寓。現在胃口很好、人亦活潑、而更加頑皮、因無別個孩子同玩、所以只在大人身邊吵鬧、令男不能安靜。所說之話亦更多、大抵為紹興話、且喜吃鹹、如霉豆腐、醃菜之類。現已大抵吃飯及粥、牛乳只吃兩回矣。男及害馬、全部安好、請勿念。淑卿小姐久不見、但聞其肚子已很大、不久便將生產、生後則當与其男人同回四川云。專此布達、恭請

金安。

男 樹 叩上

三月二十日夜

母親大人膝下敬禀者、十七日寄奉一函、想已到。現男等已于十九日回寓、見寓中窗户、亦被炸彈碎片穿破四處、震碎之玻璃、有十一塊之多。當時雖有友人代為照管、但究不能日夜駐守、故衣服什物、已有被竊去者、計害馬衣服三件、海嬰衣褲襪子手套等十件、皆係害馬用毛線自編、廚房用具五六件、被一條、被單五六張、合共值洋七十元、損失尚算不多。兩個用人、亦被竊去值洋二三十元之物件。惟男則除不見了一柄洋傘之外、其餘一無所失、可見書籍及破衣服、偷兒皆看不入眼也。

老三舊寓、則被炸毀小半、門窗多粉碎、但老三之物、則除木器頗被炸破之外、衣服尚無大損、不過房子已不能住、所以他搬到法租界去了。

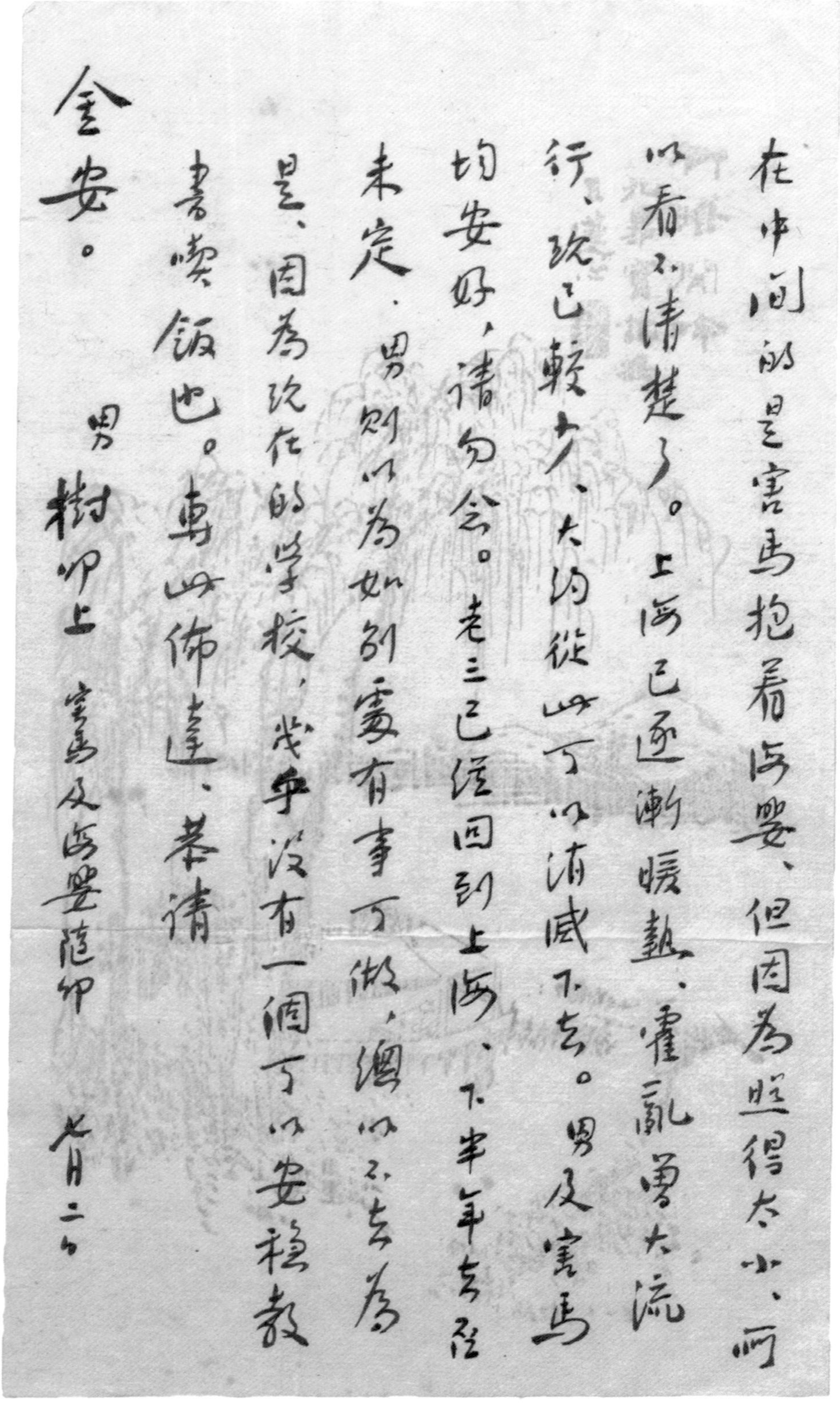
在中間的是害馬抱着海嬰，但因為照得太小，所
以看不清楚了。上海已逐漸暖熱，霍亂曾大流
行，現已較少，大約從此可以消滅下去。男及害馬
均安好，請勿念。老三已經回到上海，下半年去否
未定。男則以為如別處有事可做，總以不去為
是，因為現在的學校，幾乎沒有一個可以安穩教
書喫飯也。專此佈達，恭請
金安。
男 樹 叩上 害馬及海嬰隨叩 七月二日

母親大人膝下敬稟者、頃接到六月二十六日來信、敬悉一切。海嬰病已全愈、且又胖起來、與生病以前相差無幾、但還在喫粥、明後天就要給他喫飯了。他很喜歡玩耍、日前給他買了一套孩子玩的木匠傢生、所以現在天天在敲釘、不過不久就要玩厭的。近來也常常領他到公園去、因為在家裏也實在鬧得令人心煩。附上照片一張、是我們寓所附近之處、房屋均已修好、已經看不出戰事的痕跡來、諸

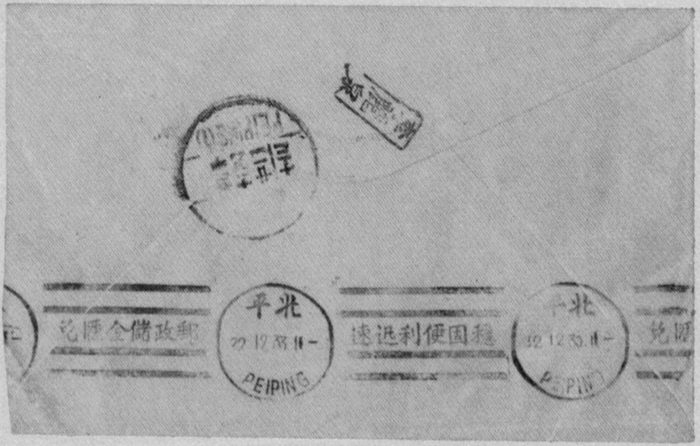

⊙一九三三年十二月十九日，原信封封底。

一九三三

（四封）

七月 九月 十一 十二月

加长大了，下巴已出在桌面之上，因为搬了房子，常在明堂里游戏，或到田野间去，所以身体也比先前好些。他讲之话很多，虽然有时要撒野，但也很听大人的话。许多人都说他太聪明，还欠木一点，男想这大约因为常与大人在一起，没有小朋友之故，耳濡目染，知道的事就多起来，所以一到秋凉，想送他到幼稚园去了。上海近数日大热，屋内亦有九十度，不过数日之后，恐怕还要凉的。专此布达，恭请

金安。

男树叩上

七月十二

广平及海婴同叩

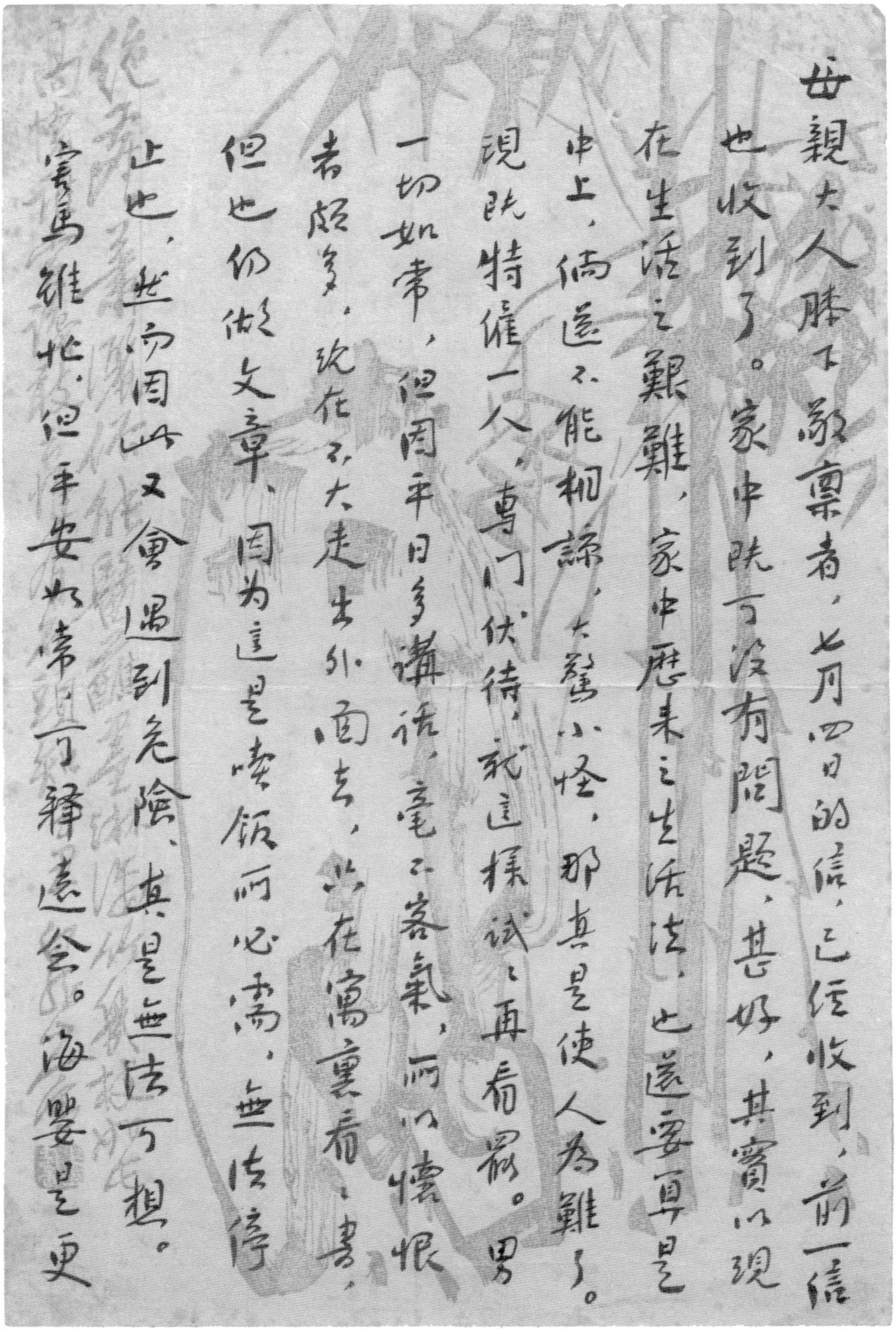

母親大人膝下敬稟者，七月四日的信，已經收到，前一信也收到了。家中既可沒有問題，甚好，其實以現在生活之艱難，家中歷來之生活法，也還要算是中上，倘還不能相諒，大驚小怪，那真是使人為難了。現既特雇一人，專門伏侍，就這樣試試再看罷。男一切如常，但因平日多講話，毫不客氣，所以懷恨者頗多，現在不大走出外面去，只在寓裏看看書，但也仍做文章，因為這是吃飯所必需，無法停止也。然而因此又會遇到危險，真是無法可想。害馬雖忙，但平安如常，可釋遠念。海嬰是更

⊙鲁瑞约六十岁照。

一九三三年・九月二十九日（残信）

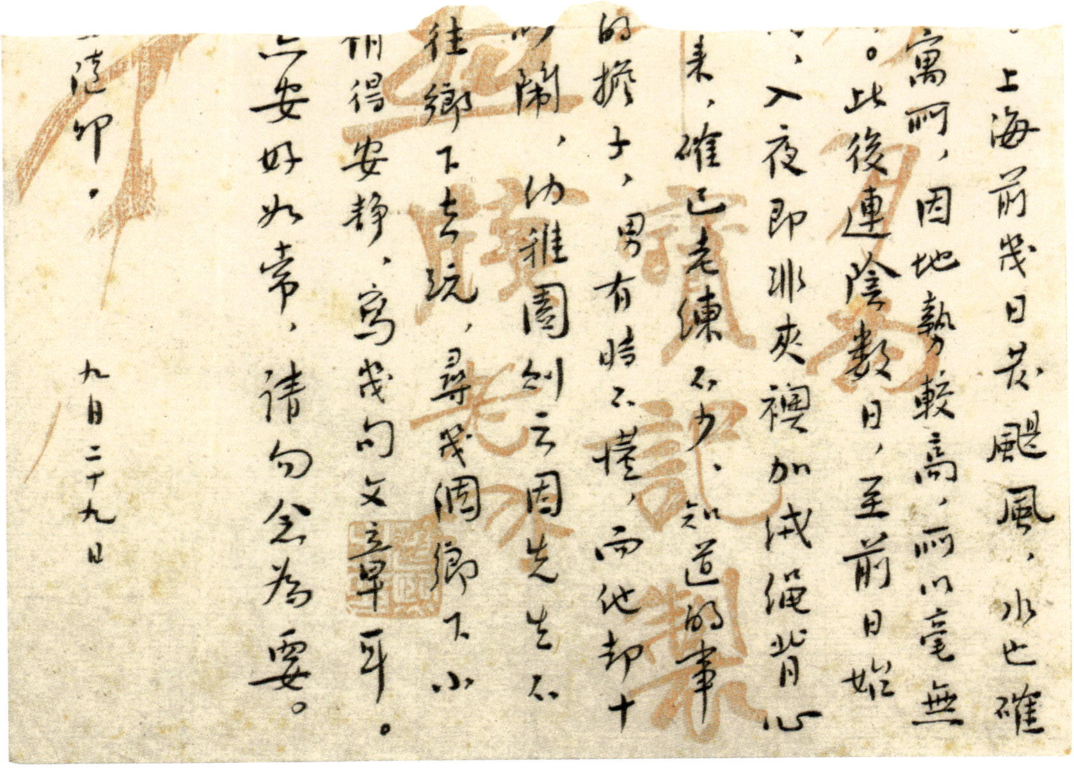
上海前幾日大颶風，水也確
寓所，因地勢較高，所以毫無
。此後連陰數日，至前日始
，入夜即非夾襖加絨繩背心
來，確已老練不少，知道的事
的樣子，男有時不懂，而他卻十
的鬧，幼稚園則云因先生太
往鄉下去玩，尋幾個鄉下小
明得安靜，寫幾句文章耳。
安好如常，請勿念為要。
叩。
九月二十九日

一九三三年・十一月十二日 共一页

母親大人膝下，敬禀者，十一月六日信已收到。心梅叔地址，係「紹興城内大路，元泰紙店」，不必寫門牌，即可收到。修墳已擇定舊歷九月廿六日動工，共需洋三十元，又有畝捐，約需洋二十元，大約連太爺之祭田在内，已由男滙去五十元，倘略有不足，俟細帳開來後，當補寄，請勿念。上海天氣亦已頗冷，但幸而房子朝南，所以白天尚屬溫暖。男及害馬均安好，但男眼已漸花，看書寫字，皆戴眼鏡矣。海嬰很好，臉已曬黑，身體亦較去年强健，且近來似較為聽話，不甚無理取鬧，當因年紀漸大之故，惟每晚必須聽故事，講狗熊如何生活、羅卜如何長大等等，頗為費去不少工夫耳。餘容續禀，專此，恭請

金安。

男 樹叩上

廣平及海嬰隨叩

十一月十二日

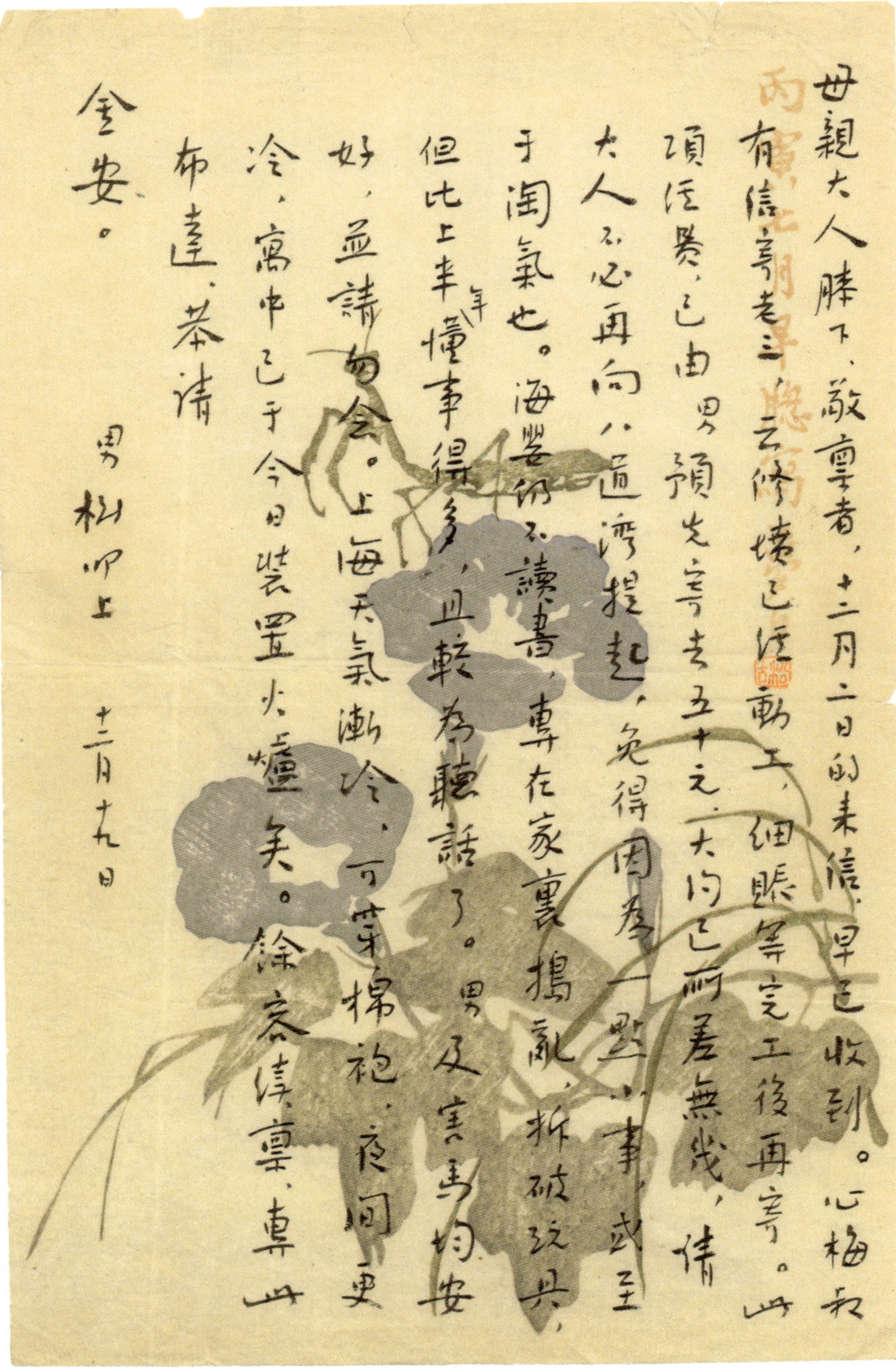

母親大人膝下，敬禀者，十二月二日的來信，早已收到。心梅叔有信寄老三，云修墳已經動工，細賬等完工後再寄。此項經費，已由男預先寄去五十元，大約已所差無幾，請大人不必再向八道灣提起，免得因為一點小事，或至于淘氣也。海嬰仍不讀書，專在家裏搗亂，拆破玩具，但比上半年懂事得多，且較為聽話了。男及害馬均安好，並請勿念。上海天氣漸冷，可穿棉袍，夜間更冷，寓中已于今日裝置火爐矣。餘容續禀，專此布達，恭請

金安。

男樹叩上

十二月十九日

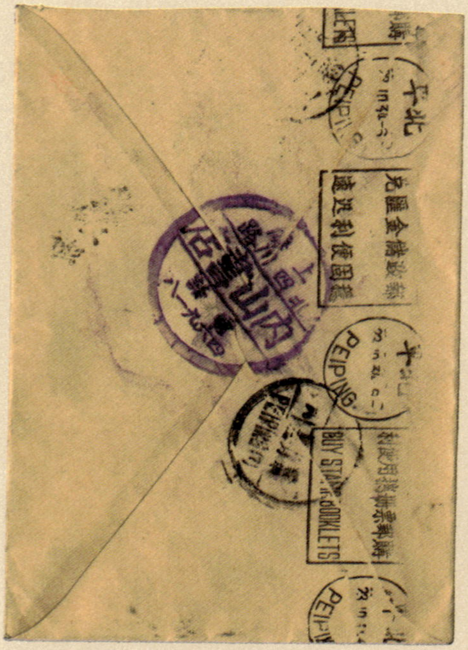

⊙一九三四年九月二十八日，原信封封底。

一九三四

（二十封）

三 四 五 六 七 八 九 十 十一 十二月

一九三四年・三月十五日 共一页

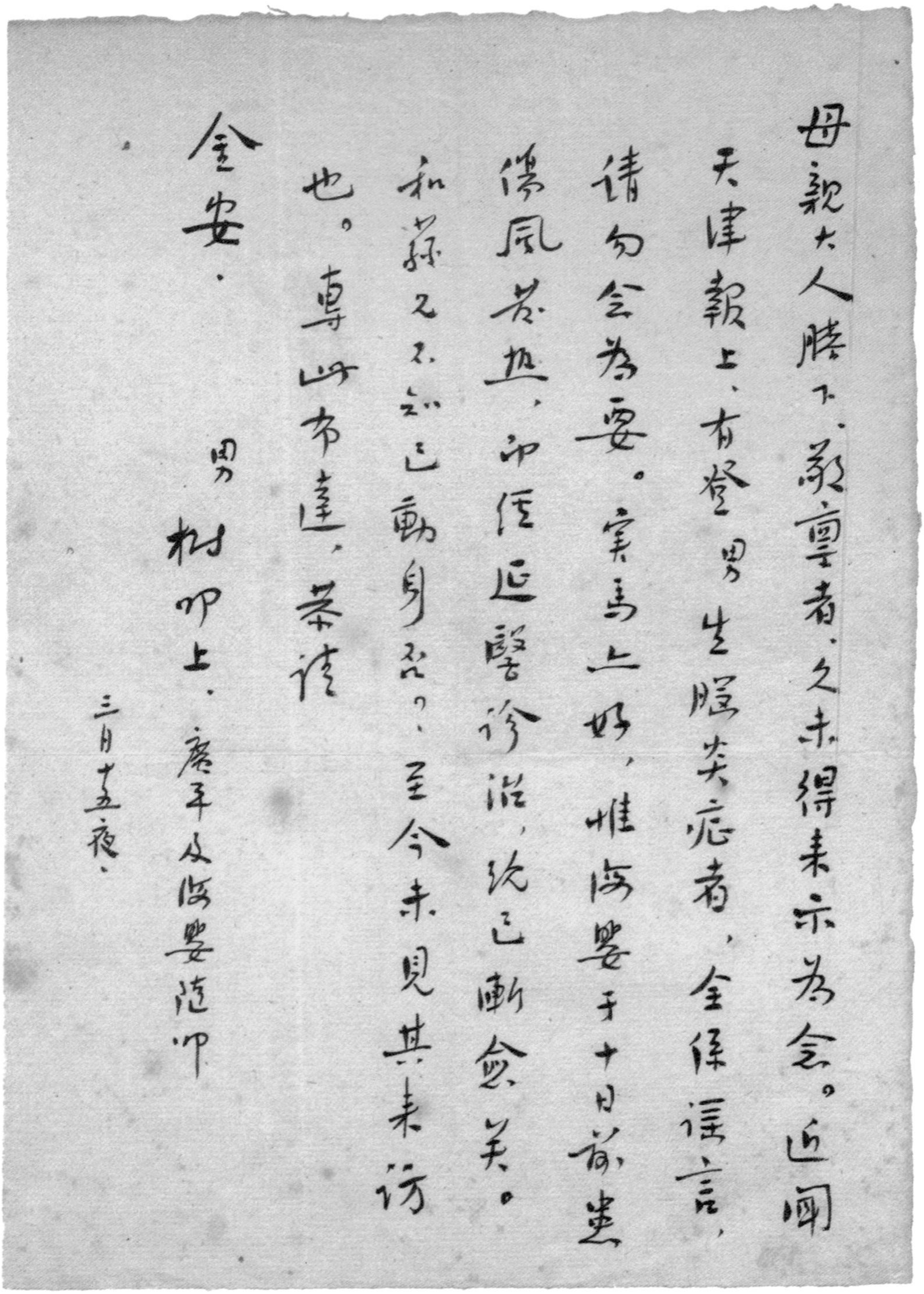

母親大人膝下，敬禀者，久未得來示，為念。近聞天津報上，有登男生腦炎者，全係謠言，請勿念為要。實為上好，惟海嬰于十日前患傷風甚熱，即經延醫診治，現已漸愈矣。和森之子不知已動身否？至今未見其來訪也。專此布達，恭請

金安。

男 樹叩上。廣平及海嬰隨叩

三月十五夜。

一九三四年・三月二十九日　共一页

母親大人膝下，敬禀者，得來示，知　大人亦患傷風，
現已全愈，甚慰。海嬰亦已復元，胃口很開了。上
海本已和暖，但近幾天忽又下雨發風，冷如初冬，
仍非生火爐不可。惟寓中均安，可請放心。
老三亦好，然是公司中每日須辦公八點鐘，未免
過于勞苦；至于寄信退回，據云係因信面上
寫號之故，因为公司門房僅知各人之名，此後
可寫書名，即不至收不到了。專此布達，恭請
金安。

男　樹叩　三月廿九夜

廣平及海嬰隨叩

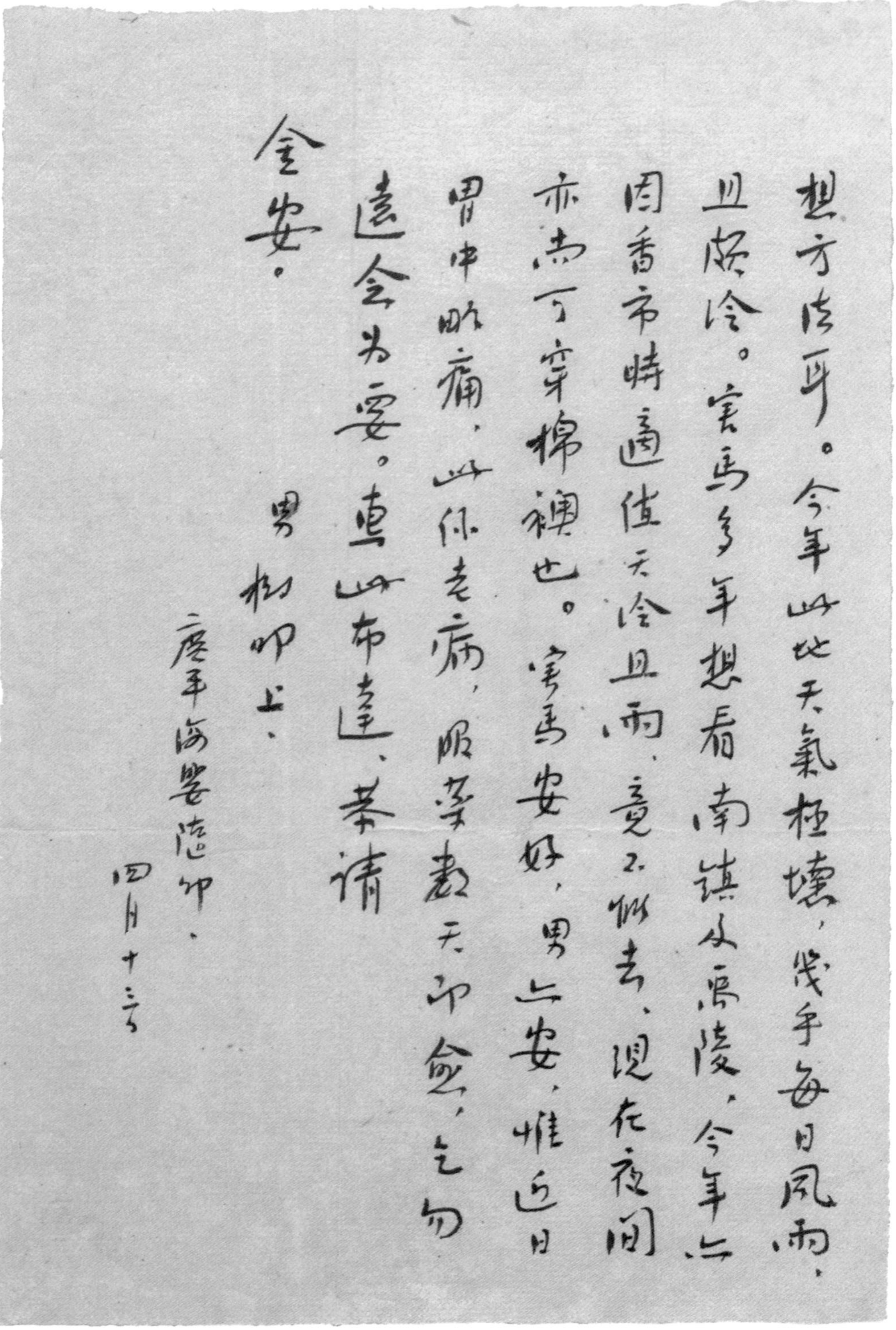

想方法乎。今年此地天氣極壞，幾乎每日風雨，且頗冷。害馬多年想看南鎮及禹陵，今年亦因香市時適值天冷且雨，竟不能去，現在夜間亦尚可穿棉襖也。害馬安好，男亦安，惟近日胃中略痛，此係老病，服藥數天即愈，乞勿遠念為要。專此布達，恭請

金安。

男　樹　叩上，

廣平海嬰隨叩，

四月十三

一九三四年·四月十三日　共二页

母親大人膝下，敬禀者，四月七日来信，今已收到，知京寓一切平安，甚喜甚慰。和森及子佩，均未見過，想須由家中出来過上海時，始来相訪了。海嬰早已復元，醫生在給他喫一種丸藥，每日二粒，云是補劑，近日胃口極開，而終不見胖，大约如此年齡，終日玩皮，不肯安静，是未必做胖的了。醫生又謂在今年夏天，須令常晒太陽，將皮膚晒黑，但此事須在海邊或野外，滬寓則殊不便，只得臨時再

请勿念为要。害马亦好。海婴则已颇健壮，身子比去年長得不少，说话亦大進步，但不肯认字，终日大聲叱咤，玩耍而已。今年夏天，拟设法令晒太阳，则皮肤可以结实，冬天不致于容易受寒了。老三亦如常，但每日作事八点钟，未免过于劳苦而已。余容续禀。专此布達，恭请

金安。

男树叩上

广平及海婴随叩

四月二十五日

母親大人膝下，敬稟者，四月十六日來示，早經收到。和森之因道地生疏，又不便耽擱，未能暢談，真是可惜。紫佩亦尚未來過，大約在家中多留了幾天。今年南方天氣太冷，果菜俱遲，新筍乾尚未上市，不及託紫佩帶回，只能將來由郵局寄送了。男胃病先前雖不常發，但偶而作痛的時候，一年中也或有的，不過這回時日較長，經服藥約一禮拜後，已漸痊愈，醫言只要再服三日，便可停藥矣，

母親大人膝下，敬禀者，四月三十日來示，頃已收到。紫佩已來過，托其帶上桌布一條，枕頭套二個，肥皂一盒，想已早到北平矣。男胃痛現已醫好，但還在服藥，醫生言因吸烟太多之故，現擬逐漸少吸，至每日只吸十支，惟不知能否做得到耳。害馬亦安好。海婴則日見長大，每日要講故事，脾氣已與去年不同，有時亦懂道理，容易教訓了。大人想必還記得李秉中君，他近因公事在上海，見了兩回，聞在南京做教練官，境況似比先前為佳矣。餘容續禀，敬請

金安。

男 樹叩上 海婴及廣平同叩。

五月四日

一九三四年·五月十六日　共一页

母親大人膝下敬稟者，崇佩已早到北平，當已得見過矣。昨聞三弟說，筍乾已寄來，即可寄出。又，三日前曾買「金粉世家」一部十二本，又「美人恩」一部三本，皆張恨水所作，分二包，由世界書局寄上，想已到，但男自己未曾看過，不知內容如何也。上海已頗溫暖，寓中一切平安，請勿念為要。專此布達，恭請

金安。

男　松　叩上，虞華及鴻寶同叩，

五月十六

完事，問男意見如何。下館之子，三人均在滬，其第三子由老三荐入印刷厰中，第二子亦曾為之設法，但終無結果。男為生活計，只能漂浮于外，毫無恒產，真所謂做一日，算一日，對于自己，且不能知明日之辦法，京寓亂閙已久，更無從知道詳情及將來，所以此等事情，可請太太自行酌定，男並無意見，且亦無從有何主張也。

以上乞轉告為禱。專此布達，恭請

金安。

男 樹叩上

廣平及海嬰同叩

五月廿九

一九三四年·五月二十九日　共二页

母親大人膝下，敬禀者，五月十六日来函，早已收到。胃痛大約很與香烟有關，醫生說亦如此，但戒去頗不容易，擬逐漸試辦，且已改吸較好之烟捲矣。至于痛，則早已全愈，停藥已有兩星期之久了，請勿念。害馬及海嬰均安好，惟海嬰日見長大，自有主意，常出門外与一切人搗亂，不問大小，都去衝突，管束頗覺吃力耳。

十六日函中，并附有太太来信，言下鋁之弟二十，在上海作事，力不能堪，且多病，擬令至京寓，一面

到足六歲時再看罷。

上海從今天起，已入了梅雨天，雖然比從前好，但究竟

也將潮濕。一面則蒼蠅蚊子，都出來了。男胃病

已愈，寓中亦安好，可請勿念。李秉中居在南

京無事，家眷即住在南京，他自己則有時出外，

因為他是在陸軍裏做訓育事務的，所以有時要

跟着走，上月見過一回，比先前胖得多了。

餘容續稟，專此布達，恭請

金安。

男 樹叩上。廣平及海嬰同叩

六月十三日

母親大人膝下，敬稟者：來信已經收到。海嬰這幾天不到外面去鬧事了，他又到公園和鄉下去。而且日見其長，但不胖，議論極多，在家時簡直說個不歇。動物是不能給他玩的，他有時優待，有時則要虐待，寓中養着一匹老鼠，前幾天他就用蠟燭將後腳燒壞了。至於學校，則今年擬不給他去，因为四近實無好小學，有些是騙錢的，教員雖然打扮得很時髦，却無學問；有些是教會開的，常要講教，更为讨厭。海嬰雖說是六歲，但須到本年九月底，纔是十足五歲，所以不如暫且任他玩着，待

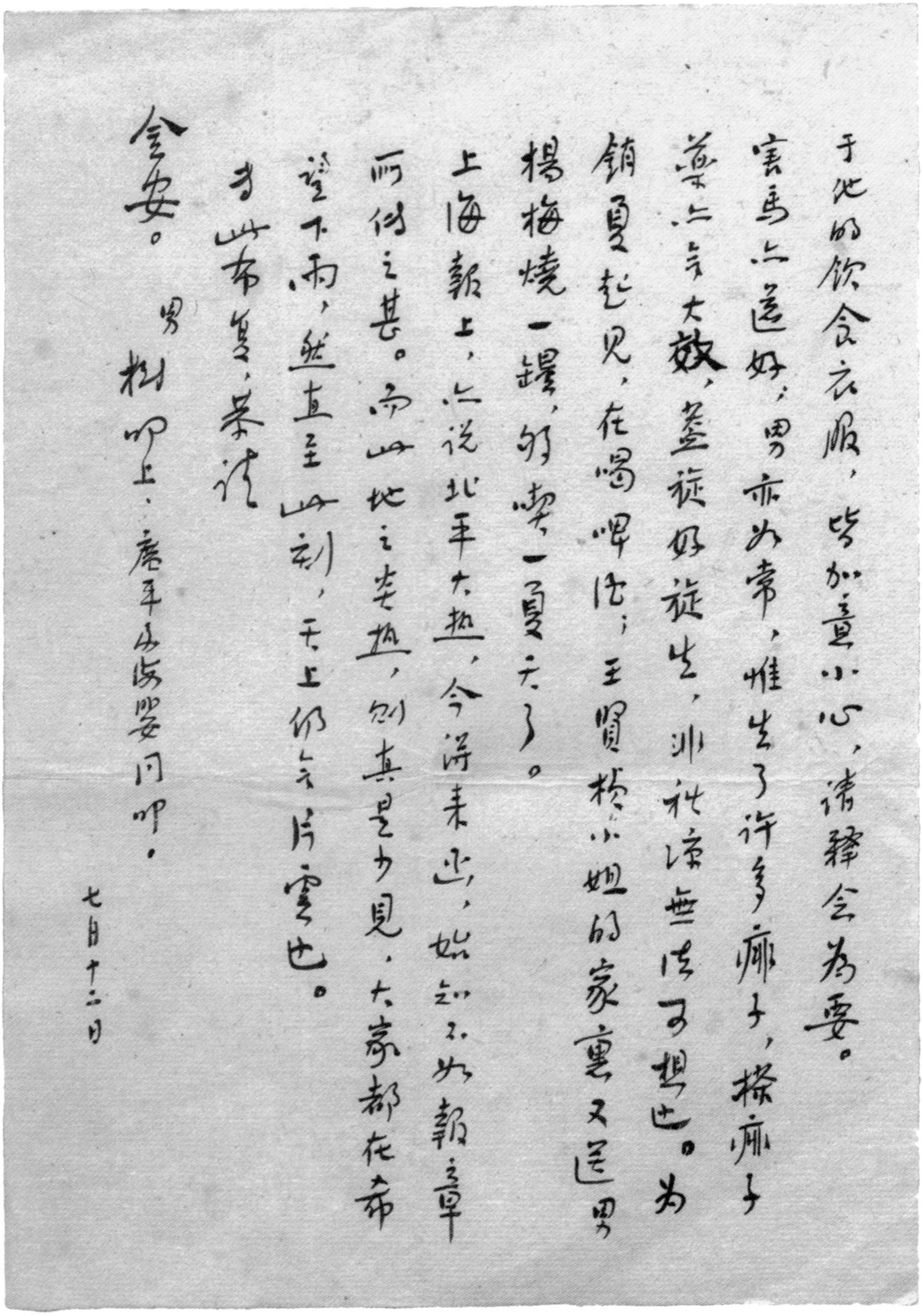

于他的饮食衣服，皆加意小心，请释念为要。
害马亦甚好，男亦如常，惟生了许多痱子，搽痱子
药亦无大效，盖旋好旋生，非秋凉无法可想也。为
销夏起见，在喝啤酒；王贤桢小姐的家里又送男
杨梅烧一罎，够吃一夏天了。
上海报上，亦说北平大热，今得来函，始知不如报章
所传之甚。而此地之炎热，则真是少见，大家都在希
望下雨，然直至此刻，天上仍无片云也。
专此布复，恭请
金安。
男 树 叩上 广平及海婴同叩
七月十二日

一九三四年・七月十二日　共二页

母親大人膝下，敬稟者，久不得來信了，今日上午，始收到一函，甚慰。但大人牙痛，不知已否全愈，至以為念。牙既作痛，恐怕就要搖動，一搖動，即易于拔去，故男以為俟稍涼，似可与一向看慣之牙醫生一商量，倘他說可保無痛，則不如拔去，另裝全口假牙，不便也不過一二十天，用慣之後，即与真牙無異矣。

說到上海今年之熱，真是利害，晴而無雨，已有半月以上，每日雖房內也總有九十一二至九十五六度，半夜以後，亦不過八十七八度，大人睡不着，鄰近的小孩，也整夜的叫。但海嬰卻好的，夜裏雖然多醒一兩次，而胃口仍開，活潑亦不減，白天仍然滿身流汗的忙着玩耍。玩

之時，纔回家裏，在家裏亦從不靜坐，連

看看也喫力的。前天給他照了一張相，大約八

月初頭可晒好，那時寄上。他又要寫信給

母親，令廣平照鈔，今亦附上，內有幾句

上海話，已在旁邊注明。女工又換了一個，

是紹興人，年紀很大，大約可以做得較為長久；

領海嬰的一個，則照舊，人雖固執，但從不虐待

小孩，所以我們是不去回覆他的。專此，恭請

金安。

男　樹　叩上

七月三十日

一九三四年·七月三十日　共二页

母親大人膝下，敬禀者，七月十六日信，早已收
到。現在信上筆迹，常常不同，大約俞小姐
她們不大來，所以只好隨時託人了罷。上海
在七八天前，因有大風，涼了幾日，此刻又熱
起來了，但時亦有雨，比先前要算好的。
男因在風中睡熟，生了兩天小傷風，現已
痊愈。害馬海嬰都好。但海嬰因大起來，
心思漸野，在外面玩的時候多，只在肚飢

⊙海婴照，一九三四年夏。

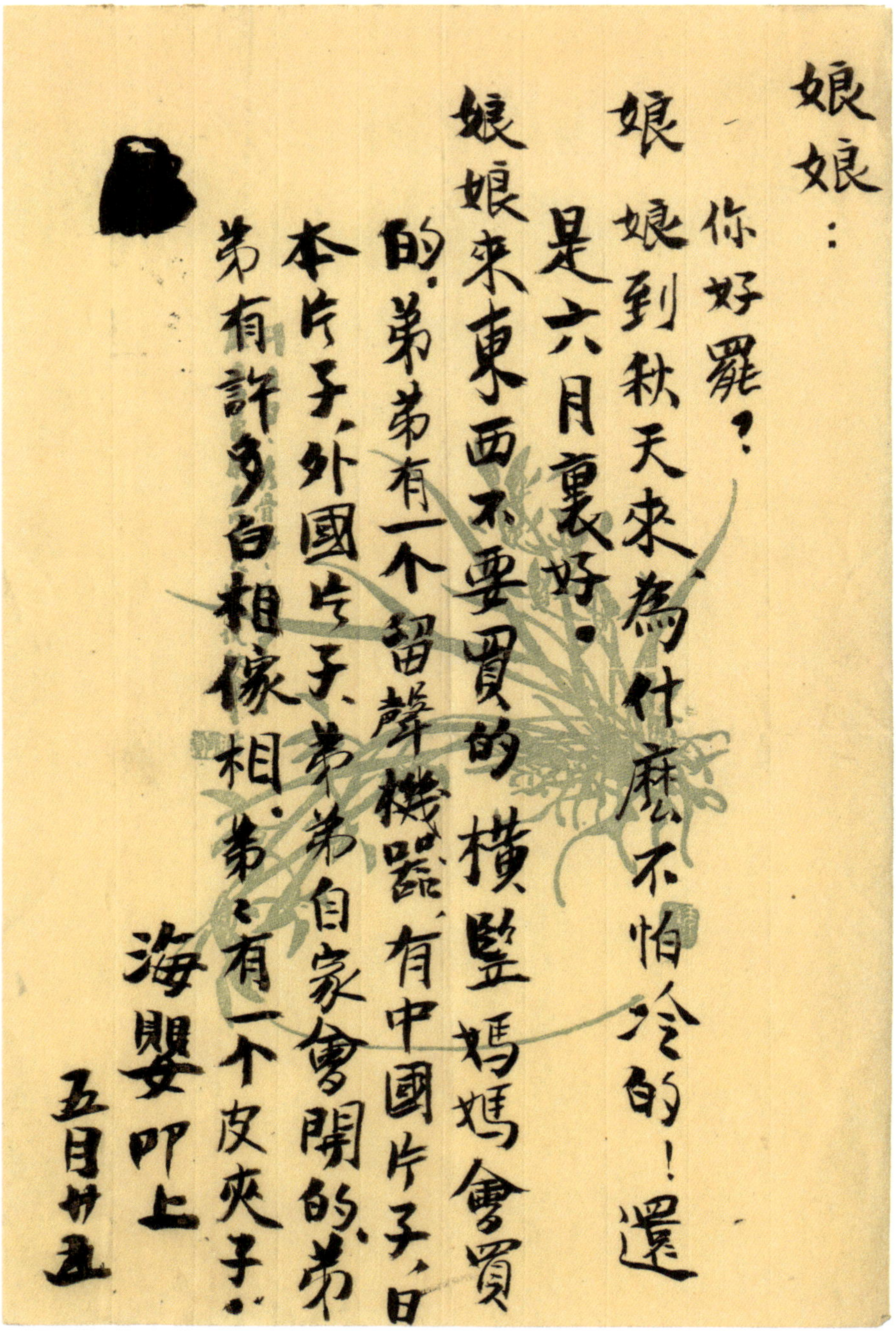

娘娘：

你好罷？

娘娘到秋天來為什麽不怕冷的！還是六月裏好。

娘娘來東西不要買的，橫豎媽媽會買的。弟弟有一个留聲機器，有中國片子，日本片子，外國片子。弟弟自家會開的，弟弟有許多白相像相。弟弟有一个皮夾子。

海嬰叩上

五月廿五

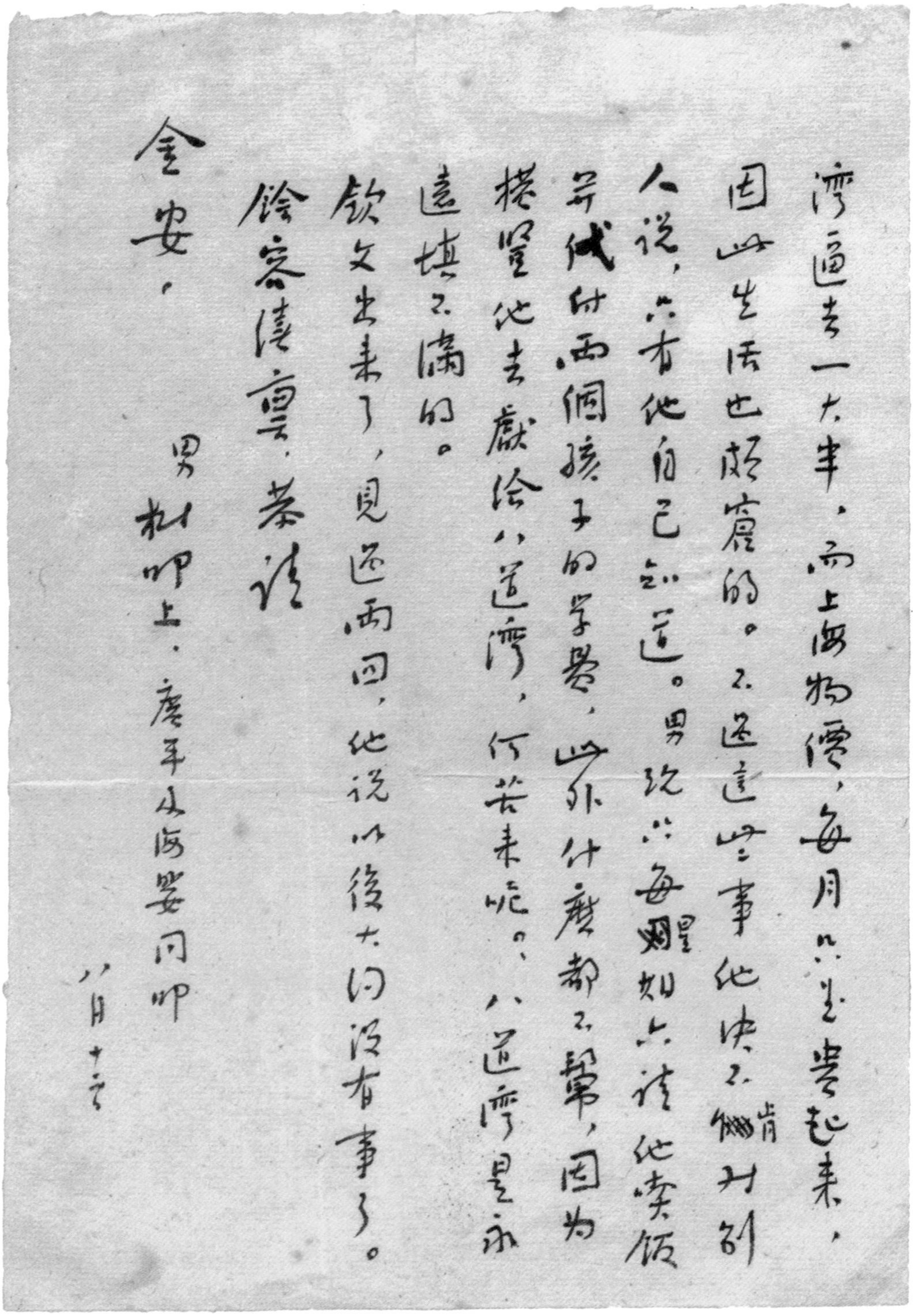

灣過去一大半，而上海物價，每月只要寄起來，因此生活也頗窘的。不過這些事他決不肯對別人說，只有他自己知道。男現只每星期六請他吃飯并代付兩個孩子的學費，此外什麼都不幫，因為據留他去獻給八道灣，何苦來呢。八道灣是永遠填不滿的。

欽文出來了，見過兩回，他說以後大約沒有事了。

餘容續稟，恭請

金安。

男　樹　叩上。廣平及海嬰同叩

八月十六

一九三四年・八月十二日　共二页

母親大人膝下，敬禀者，六月的信，已收到。給海嬰的信，也讀給他聽了，他非常高興。他的照片，想必現在已經寄到，其實他平常是沒有照片上那樣的老實的。今年我們本想在夏初來看母親，後來因為男走不開，廣平又不離男獨自留在上海，拖拖扯扯，只好中止了。但將來我們總想找機會北上一次。

老三是好的，但他公司裏的辦公時間太長，所以頗吃力。所得的薪水，好像每月也被八道

来他要陪（其实是来吃东西的），小事也要管，怎麽
還會胖呢。他只怕男一個人，不過在樓下鬧，也
仍使男不能安心看書，真是没有法子想。
上海近来又熱起来，每天總在九十度以上，夜间
較涼，可以安睡。男及廣平均好，三弟亦好，大
约每禮拜可以見一回，並希勿念為要。
專此布复，敬請
金安。

男 樹 叩上　廣平海嬰同叩

八月二十一日

一九三四年・八月二十一日　共二页

母親大人膝下敬禀者，十五日來信，前日收到。張恨水們的小說，已托人去買去了，大約不出一禮拜內，當可由書局直接寄上。

海嬰的痢疾，長久不發，看來是斷根了；不過容易傷風，但也是小毛病，數日即愈。今年大熱，孩子大抵生病或生瘡，他卻只傷風了一回，此外都很好，所以，他是沒有什麼病的。

但他大約總不會胖起來。他每天約七點鐘起身，不肯睡午覺，直至夜八點鐘，就沒有靜一靜的時候。要吃東西，要買玩具，鬧個不休。客

趟。如果到上海来，我们是可以看见的，当向她道谢。

近几天，上海时常下雨，所以颇为凉爽了，不过于旱灾已经無可補救，江浙鄉下，確有搶米的事情。上海平安，惟米價已貴至每石十二元六角。

男及害馬海嬰均安好，請勿念。

專此布達，恭請

金安。

男 樹 叩上 廣平及海嬰同叩

八月三十一日

母親大人膝下，敬稟者，八月廿三及廿六日兩信，均
已收到。海嬰這人，其實平常總是很頑皮的，
這回照相，却顯得很老實。現在已去添晒，下
星期內可寄去，到時請轉交。
小說已于前日買好，即托書店寄去，計程瞻
廬作的二種，張恨水作的三種，想現在當已
早到了。
何小姐確是男的學生，與害馬同班，男在家
時，她曾來過兩三回，所以　母親覺得面

上海久旱，昨夜下了一塲大雨，但于秋收恐怕沒什麽益處了。合寓都平安如常，請勿念。海嬰也好的，他要他母親寫了一張信，今附上。他是喜歡夏天的孩子，今年如此之熱，別的孩子大抵瘦落，或者生瘡了，他卻一點也沒有什麽。天氣一冷，卻容易傷風。現在每天很忙，專門吵鬧，以及管閒事。

專此布達，恭请

金安。

男 樹叩上。

廣平及海嬰隨叩。

九月十七日

母親大人膝下，敬禀者，來信已收到。給老三的信，亦于前日收到，當即轉交了。長連所要的照相，因要寄紫佩書籍，便附在裏面，託其轉交大人，想不久即可收到矣。

張恨水的小說，定價雖貴，但託熟人去買，可打對折，其實是不貴的。即如此次所寄五種，一看好像要二十元，實則連郵费不過十元而已。

何小姐已到上海來，曾當面謝其送母親東西，但那照相，却因光線不好，所以沒有照好，男也原想向她討一張的，現在竟討不到。

附：海婴致娘娘信（反面）

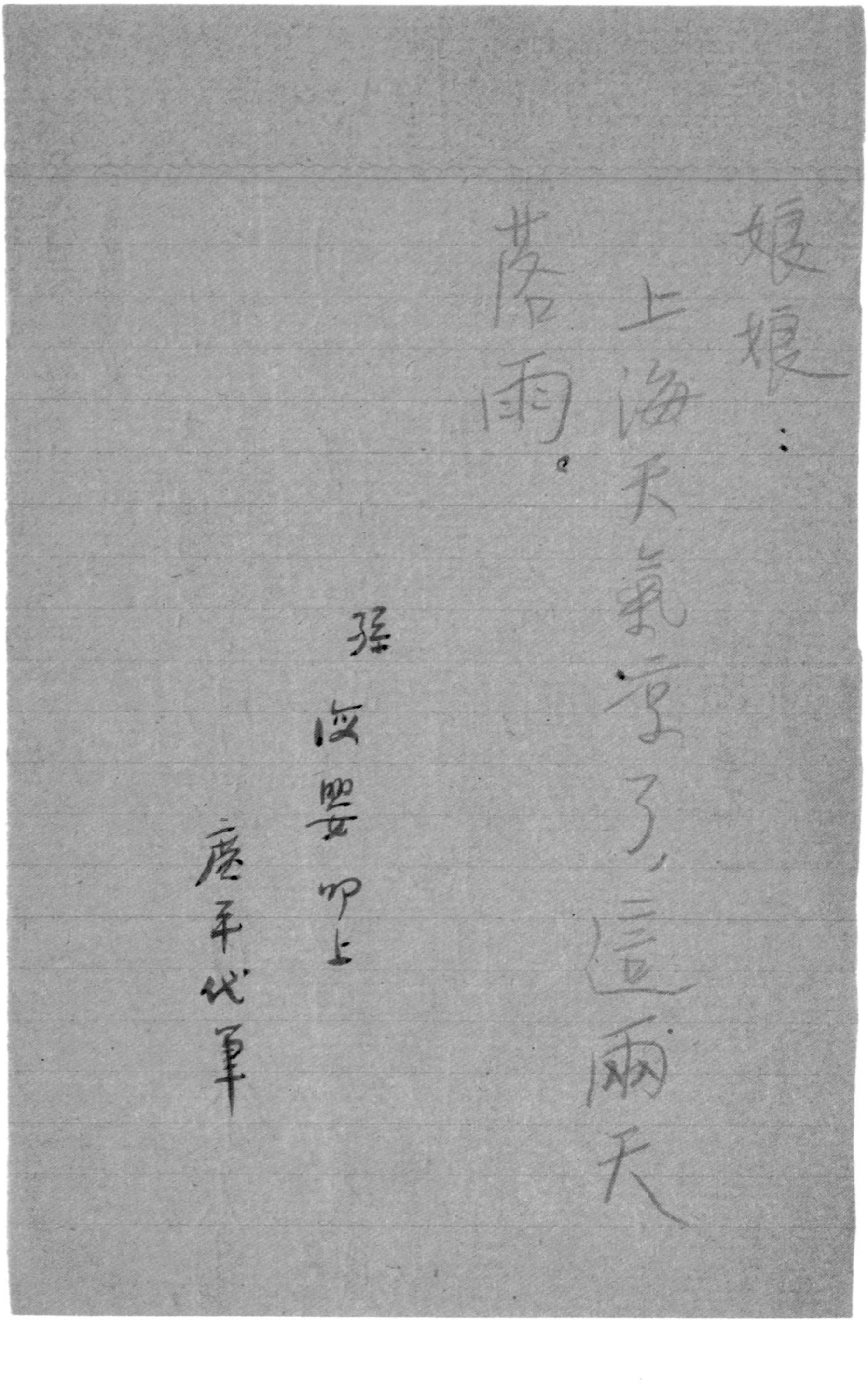
娘娘：
上海天氣变了，這兩天
落雨。
孫
海嬰 叩上
廣平代筆

⊙两张信纸，可看到一家三口的联结，以及对远方老人的牵挂。

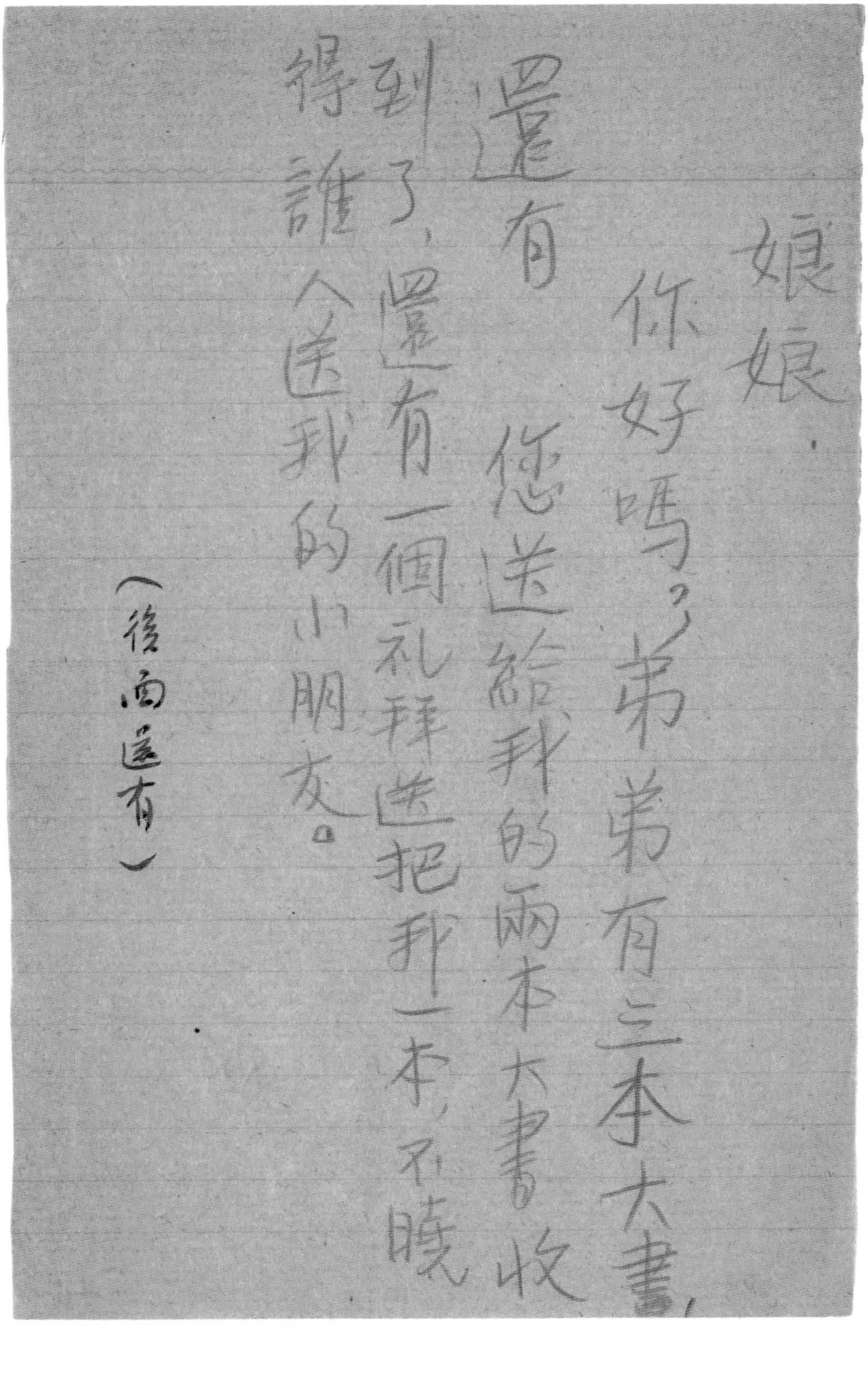
娘娘
你好嗎？弟弟有三本大書，還有您送給我的兩本大書收到了，還有一個礼拜送把我一本，不曉得誰人送我的小朋友。
（後面還有）

附：海婴致娘娘信（正面）

⊙信文是海婴口述，许广平代笔。邮寄之前，鲁迅又作了补充，黑色字为鲁迅所写。

母親大人膝下敬稟者，來信收到。秉中不肯說明地址，即因恐怕送禮之故，他日相見，當面謝之。海嬰照相，仍候中秋與紫佩，託其轉交，并有一信。今紫佩已有信來，言已收到，想必不至于遺失。近見申報，往鄭州開園藝討論會之北平代表，有紫佩名，然則他近日蓋不在北平也。海嬰近來較為聽話，今日為他生世五周年之生日，但仍少許小菜，大家喫了一餐，算是慶祝，並不請客也。專此布達，恭請

金安。

男 樹 叩上

廣平及海嬰同叩。

九月廿七日

母親大人膝下，敬禀者，十月十三日來示，已經收到，這之前的一封信，也收到的。上海出版的有些小說，內行人去買，價錢和門市不同，譬如張恨水的小說，在世界書局本店去買，是對折或七折，但販到別處，就要賣十足了。不過書本生意，近是不好，這是因为大家都窮起來，看書的人也少了的緣故。海嬰漸大，懂得道理了，所以有些事情已經可以講通，比先前好辦，良心也還好，好客，不小氣，只是有時要欺侮人，尤其是他自己的母親，對男却較为客氣。明年本該進學校了，但上海實在沒好學校，所以想緩一年再說。有一封他口講，廣平寫下來的信，今附呈。上海天氣尚溫和，男及廣平均好，請勿念为要。

專此布達，恭請

金安。

男　樹叩上　廣平及海嬰同叩　十月二十日

母親大人膝下，敬禀者，十月二十五日信并照相兩張，均已收到，老三的一張，當于星期六交給他，因為他只在星期六夜或星期日才有閒空，會來談天的。這張相照的很好，看起來，與男前年回家的時候，模樣並無什麼不同，不勝欣慰。海嬰已看過，他總算第一回認識娘娘了。現在他日夜頑皮，女僕的話簡直不聽，但男的話卻比較的肯聽，道理也講得通了，不小氣，不利勢，性質還總算好的。現身體亦好，因為將屆冬天，所以遵醫生的話，在吃魚肝油了。上海天氣尚未大冷，男及害馬亦均好，請勿念。和森之女北來，母親擬令其住在我家，可以熱鬧一些，男亦以為是好的。專此布復，恭請

金安。

男 樹叩上 廣平及海嬰同叩。 十月三十日。

一九三四年·十一月十八日 共三页

母親大人膝下，敬禀者，来信并小包兩個，均于昨日下午收到。這許多東西，海嬰高興得很，他奇怪道：娘娘怎麼會認識我的呢？

老三剛在晚間来寓，即將他的一份交給他了，滿載而歸，他的孩子們一定很高興的。

給海嬰的外套，此刻剛剛可穿，内襯絨衣及背心各一件，冬天襯衣一多，即太小，但明年春天還可以穿的。他的身材好像比較的高大，昨天量了一量，足有三尺了，而且是上海

⊙一九三三年四月，鲁瑞的长孙周丰一为其摄影。此张照片寄给鲁迅后，鲁迅一再表示：这张相照的很好。

聽說。外套稍小，但明年春天還可以穿一回，以后去給
與老三的孩子，他們目下還用不着，大的穿起來太小，小
的穿又太大。

上海總算是冷了，寓中已裝火爐，昨晚生了火，熱
得睡不着，可見南边雖說是冷，總還暖和，和北
方是比不來的。

專此布達，恭請

金安。

男 樹 叩上

廣平 海嬰隨叩

十二月六日

一九三四年・十二月六日　共二页

母親大人膝下，敬稟者，十一月二十六日来信，早經收到。男這回生了二十多天病，雖是長的，但現在已經好起来了，胃口漸開，精神也恢復了不少，服藥亦停止，可請勿念。害馬也好的。海嬰很好，因为醫生說給他吃魚肝油（清的），從一月以前起，每餐後就給他吃一点，腥氣得很，而他並此也愛吃。現在胖了，抱起来，重得像一塊石頭，我們現在才知道魚肝油有這樣的力量，但麥精魚肝油及男在北平時所吃的那一種，却似乎沒有這麽有力。他現在整天的玩，從早上到睡覺，沒有休息，但比以前

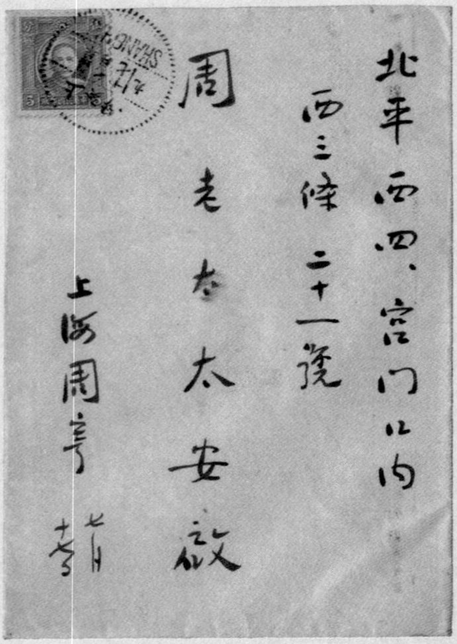

⊙一九三五年七月十七日，原信封。

母親大人膝下敬禀者，十月十一日来信，早已收到，藉知大人一切安好，甚慰。上海寓中亦均安好，但因忙于翻译，且亦並無要事，所以不常写信。

海嬰亦好，他只是長起来，却不胖。已上幼稚園，但有時也要賴学，有時却急于要去；愛穿洋服，与男之衣服隨便者不同。今天下门牙活動，要换牙齿了。

上海晴天尚暖，陰天則夹襖已覺不够，市面景象，年不如年，和男初到時大不同了。

專此布復，恭叩

金安。

男樹叩

廣平及海嬰隨叩

十月十八日

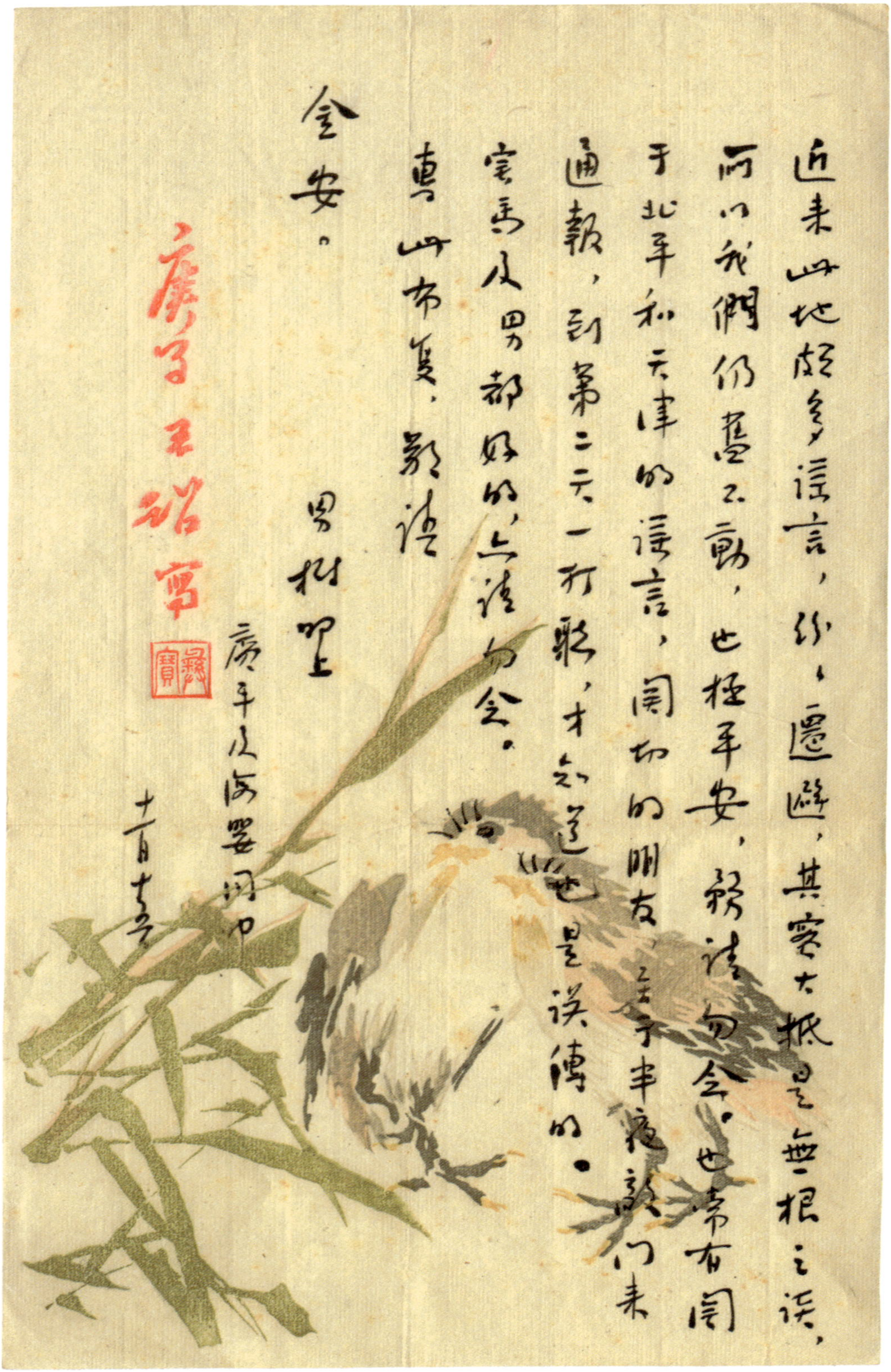

近来此地頗多謡言，紛紛遷避，其實大抵是無根之談，所以我們仍甚不動，也極平安，敬請勿念。也常有聞于北平和天津的謡言，關切的朋友，至于半夜敲门来通報，到第二天一打聽，才知道也是誤傳的。害馬及男都好的，亦請勿念。專此布復，敬請

金安。

男樹叩上

廣平及海嬰同叩

十月十七日

母親大人膝下，敬禀者，十月十一日来信，均已收到，前回的一封，也早收到了。牙痛近来不知如何？倘常痛，恐怕只好拔去，不過做牙無法可装，却很不便，只能真喫很軟的食物了。

海嬰很好，每天上幼稚園去，不大頑皮了。他比夏天胖了一點，雖然還要算瘦，却很長，剛滿六歲，別人都猜他是八九歲，他是細長的手和腳，像他母親的。今年但在喫魚肝油，没有間斷過。

他什麼事情都想模仿我，用我來做比，只有衣服不肯學我的隨便，愛漂亮，要穿洋服了。

母亲大人膝下，敬禀者，十一月十五日信，已早到，果脯等一大包，也收到了。已将一部份分给三弟。上海近来已较平静，寓中都好的。海婴仍上幼稚园，但原有十五个同学，现在已只剩了七个了。他已认得一百多个字，就想写信，附上一笺，其中有几个歪歪斜斜的字，就是他写的。

今天晚报上又载着天津不平静，想北平不至于受影响。至于物价飞涨，那是南北一样，上海的物价，比去年就贵了三成了。

专此布达，恭请

金安。

男树叩上 广平海婴同叩

十一月二十六

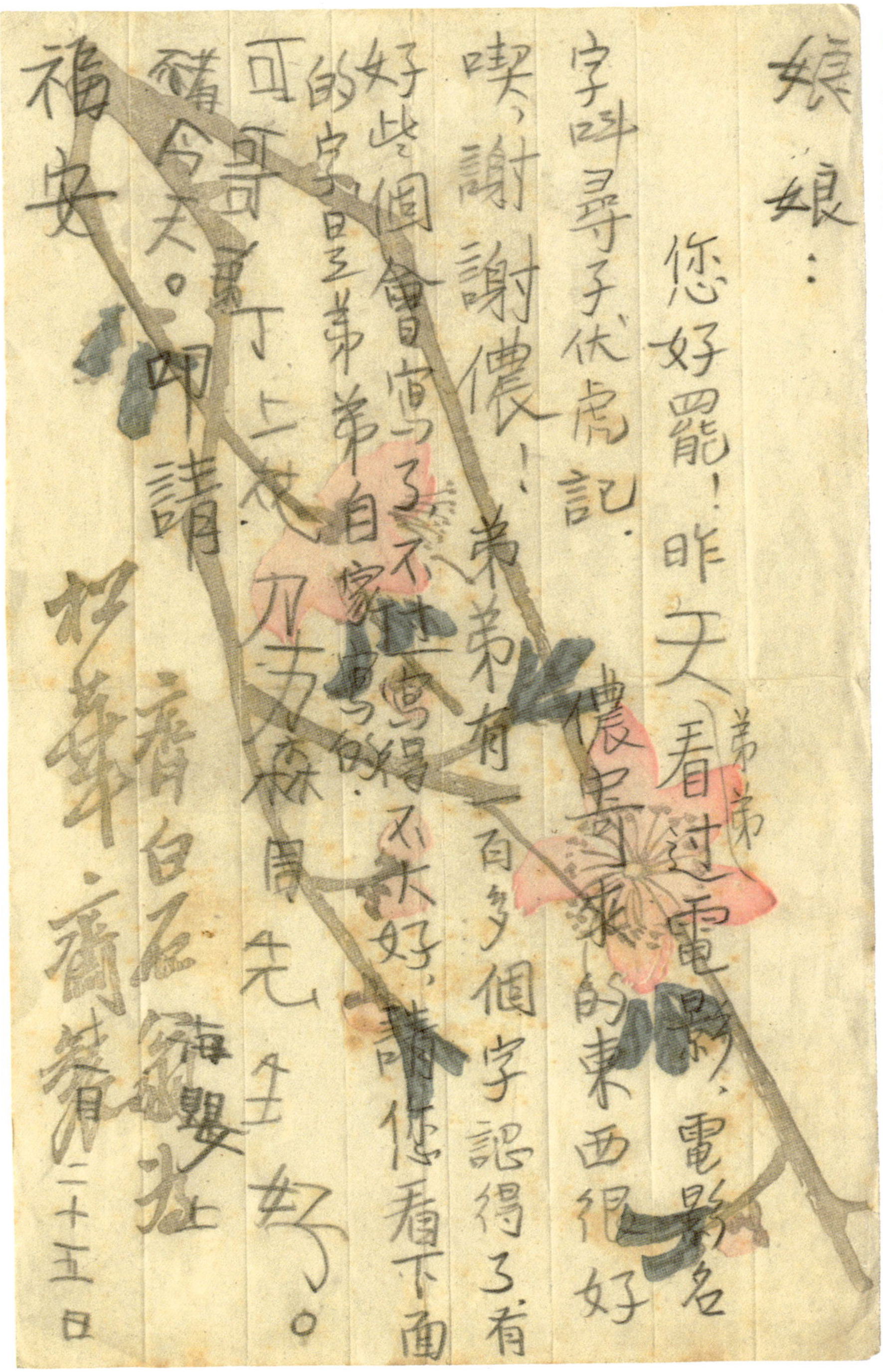

娘娘：

您好罷！昨天弟弟看过電影，電影名字叫尋子伏虎記．儂寄來的東西很好喫，謝謝儂！！弟弟有一百多個字認得了有好些個會寫了不過寫得不太好，請您看下面的字是弟弟自家寫的．

可哥哥丁上次刀万森周先生好。

請令夫。叩請

福安

海嬰上

二十五日

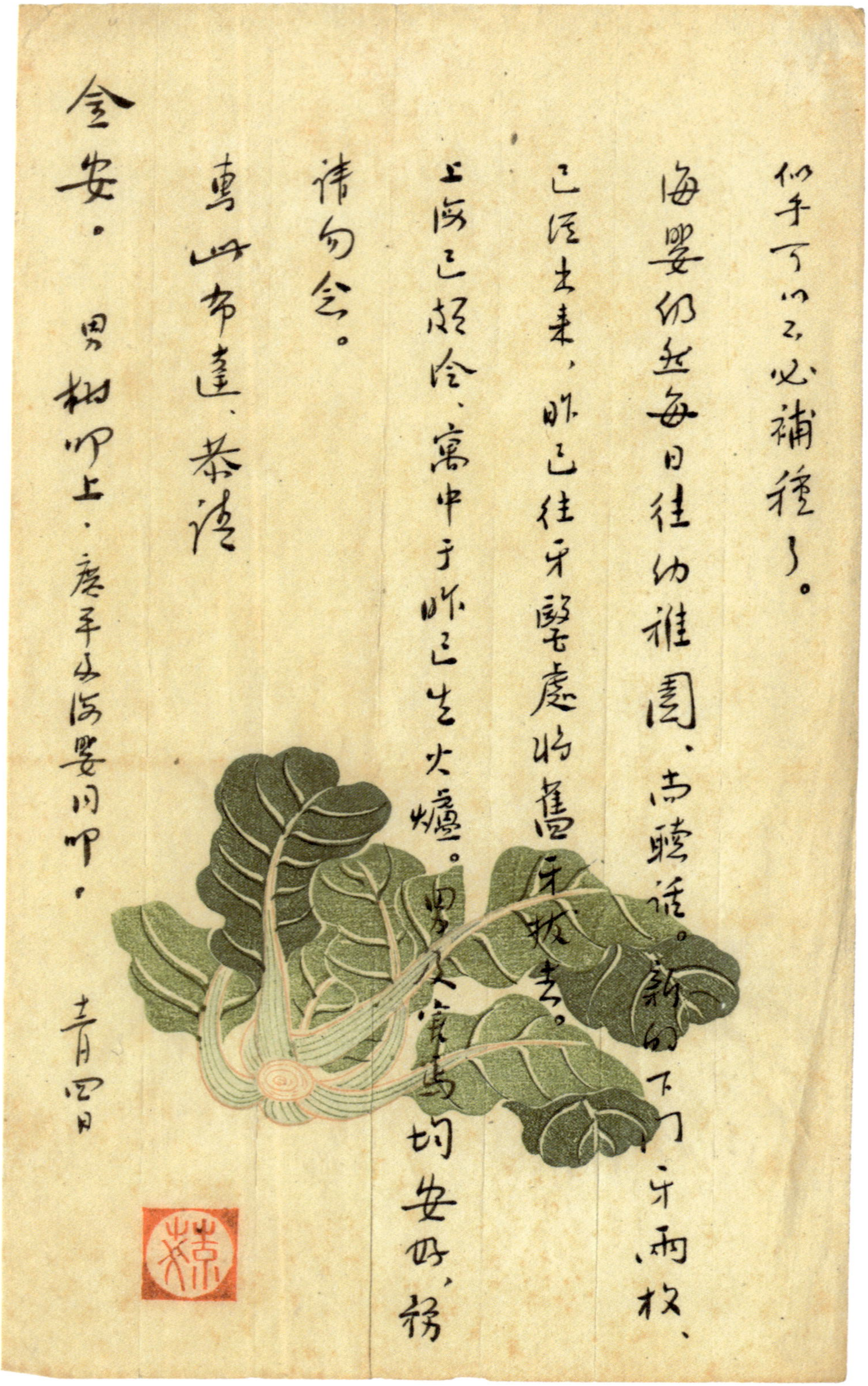

似乎可以不必補種了。海嬰仍然每日往幼稚園，尚聽話。新的下門牙兩枚，已經出來，昨已往牙醫處將舊牙拔去。上海已頗冷，寓中于昨已生火爐。男及害馬均安好，請勿念。專此布達，恭請
金安。
男樹叩上。廣平及海嬰同叩。十一月四日

母親大人膝下敬禀者、收到小包後，即复一信，想已到。十六日来示、今已收到矣。大人牙已拔去，又並不痛，甚好，其實時時要痛，原不如拔去為佳、惟此後食物，務乞多吃柔軟之物，以免胃不消化為要。後園之樹、想起来亦無甚可種，因为地土原係爐灰，所以不合于種樹。白楊易于種植、而且不必保存、

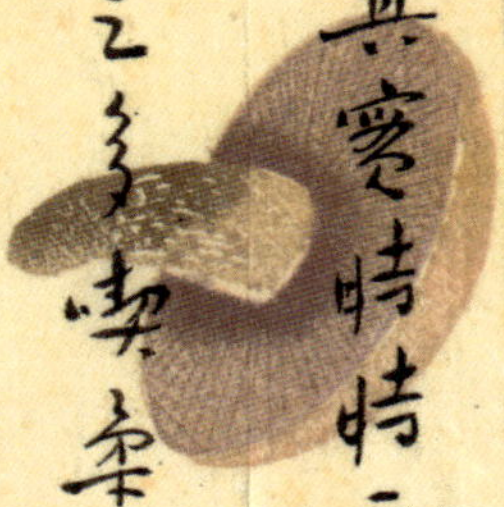

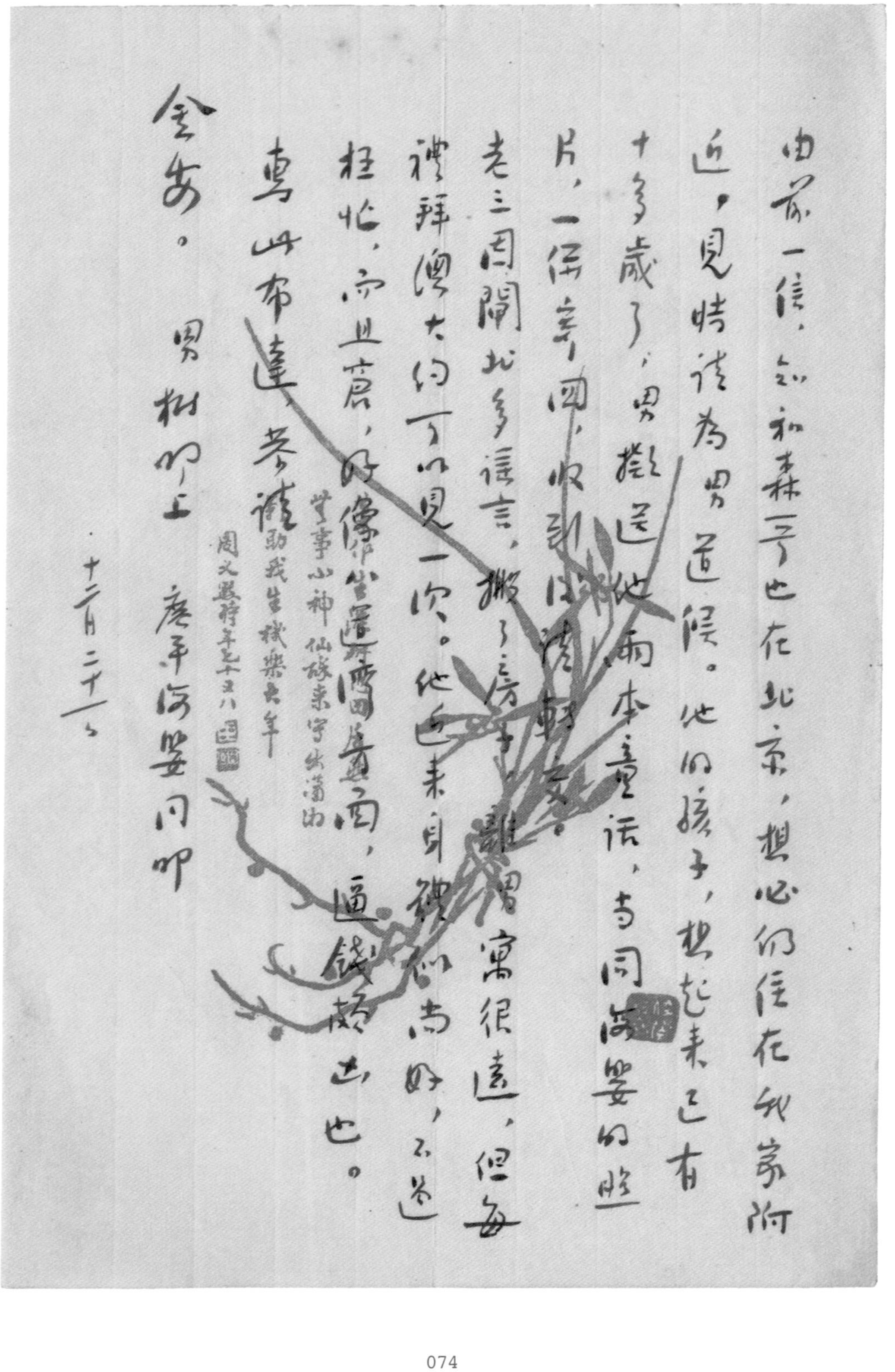

由蒼一信，知和森哥也在北京，想必仍住在我家附近，見時請為男道候。他的孩子，想起來已有十多歲了，男擬送他兩本童話，寄同海嬰的照片，一併寄回，收到後請轉交。老三因聞北平多謠言，搬了房子，離男寓很遠，但每禮拜總大約可以見一次。他也來過，身體似尚好，不過極忙，亦且窮，好像八道灣總是逼錢款出也。專此布達，恭請

金安。

男樹叩上　廣平海嬰同叩

十二月二十一日

一九三五年·十二月二十一日　共二页

母亲大人膝下，敬禀者，十七日手谕，已经收到，备悉一切。上海近来尚称平静，不过市面日见萧条，店铺常常倒闭，和先前也大不相同了。寓中一切平安，请勿念。海婴也很好，比夏天胖了一些，他仍每天往幼稚园，已认得一百多字，虽更加懂事，但也刁钻古怪起来了。男的朋友，常常送他玩具，比起我们的孩子时代来，真是阔气得多，但因此他也不大爱惜，常将玩具拆破了。一礼拜前，给他照了一张相，两三天内可以去取。取来之后，当寄上奉。

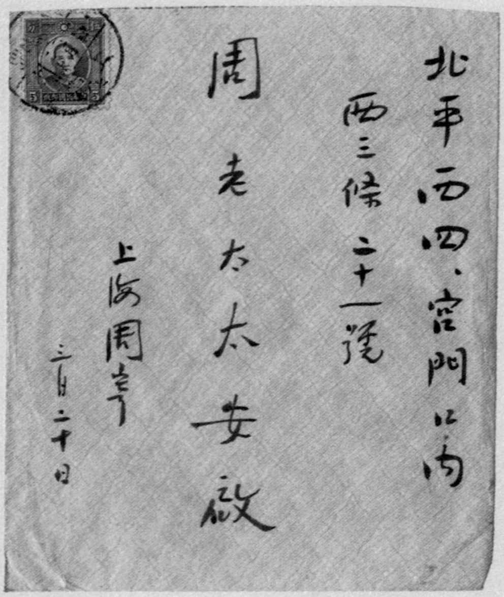

⊙一九三六年三月二十日，原信封。

一九三六

（十一封）

二　三　四　五　七　八　九月

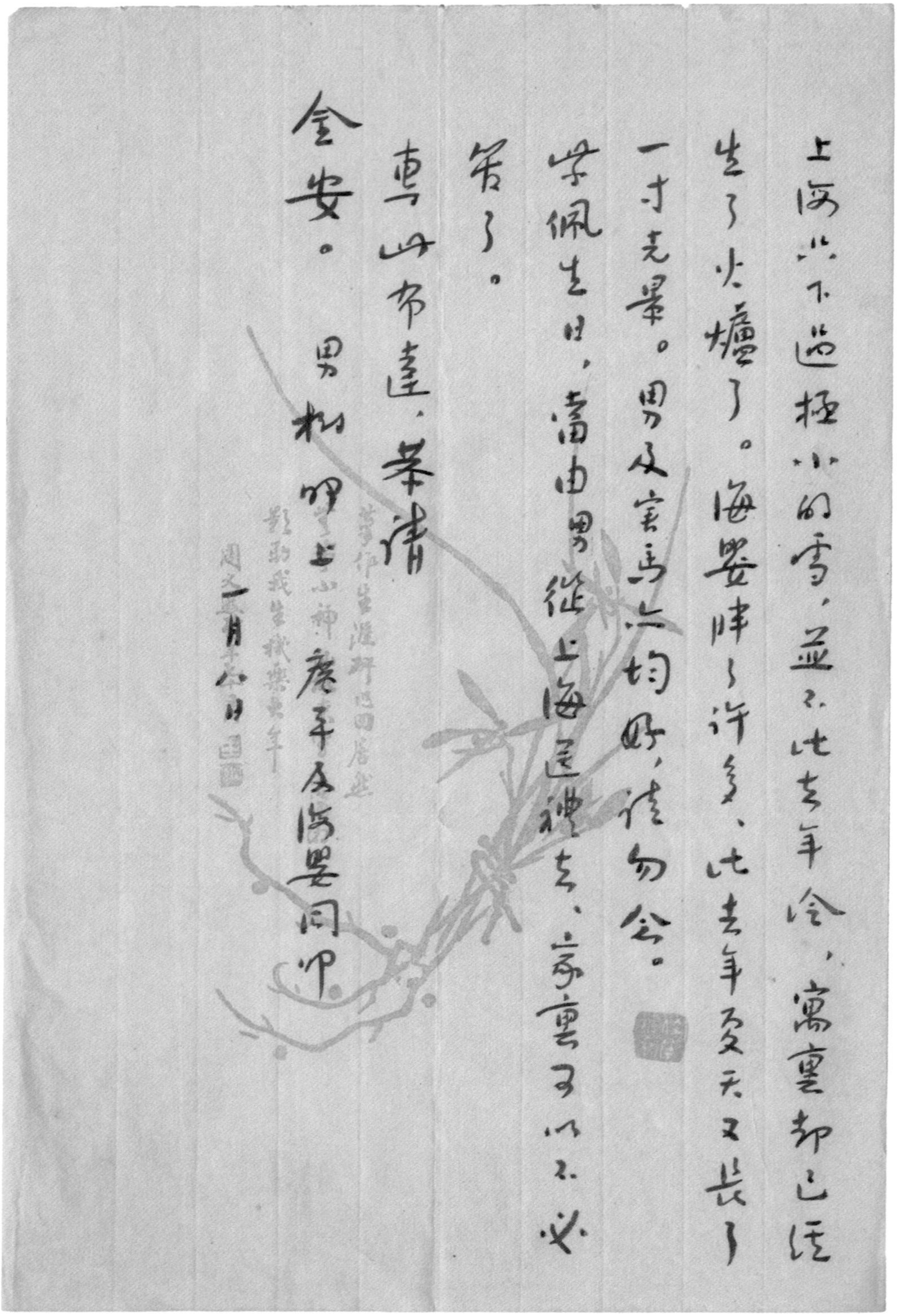

上海此下過極小的雪，並不比去年冷，寓裏却已經生了火爐了。海嬰胖了許多，比去年夏天又長了一寸光景。男及害馬亦均好，請勿念。紫佩生日，當由男從上海送禮去，家裏可以不必管了。

專此布達，恭請

金安。

男樹 叩 廣平及海嬰同叩

一月八日

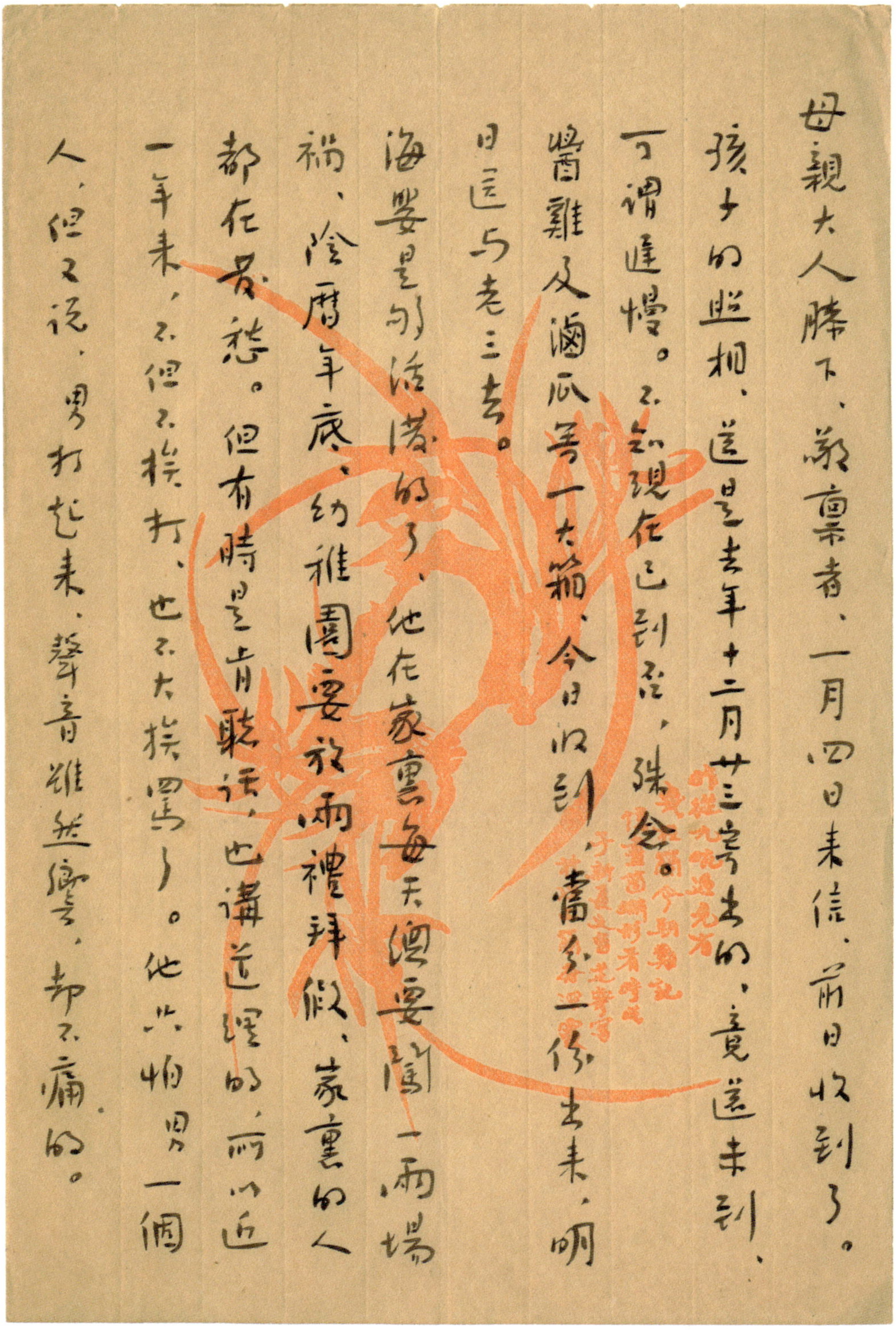

母親大人膝下、敬稟者、一月四日來信、前日收到了。
孩子的照相、這是去年十二月廿三寄出的、竟這末到、
可謂遲慢。不知現在已到否、張令。
醬雞及滷瓜等一大箱、今日收到、當分一份出來、明
日送與老三去。
海嬰是夠活潑的了、他在家裏每天要鬧一兩場
禍、陰曆年底、幼稚園要放兩禮拜假、家裏的人
都在發愁。但有時是肯聽話、也講道理的、所以近
一年來、不但不挨打、也不大挨罵了。他只怕男一個
人、但又說、男打起來、聲音雖然響、卻不痛的。

母親大人膝下、敬禀者、一月十三日信，早收到。海嬰已放假，在家裏玩，這一兩天、還不算大鬧。但他考了一個第一、好像小孩子也要擺闊，竟説來説去、附上一箋，上半是他自己寫的，也説着這件事，今附上。他大約已認識了二百字，曾對男説，你如果字寫不出來了，只要問我就是。

丈是家庭的事，大約不過要一些錢而已，已去託紫佩了。

上海這幾天頗冷，大有過年景象，這裏也還是陰曆十二月底像過年。寓中只買一點食物，大家吃吃。男及害馬與海嬰均好，請勿念。

美先很會寫了，但男所記得的，却還是一個小孩子。他的回信，稍暇再寫。專此布達，恭請

金安。

男樹叩上　一月二十一日

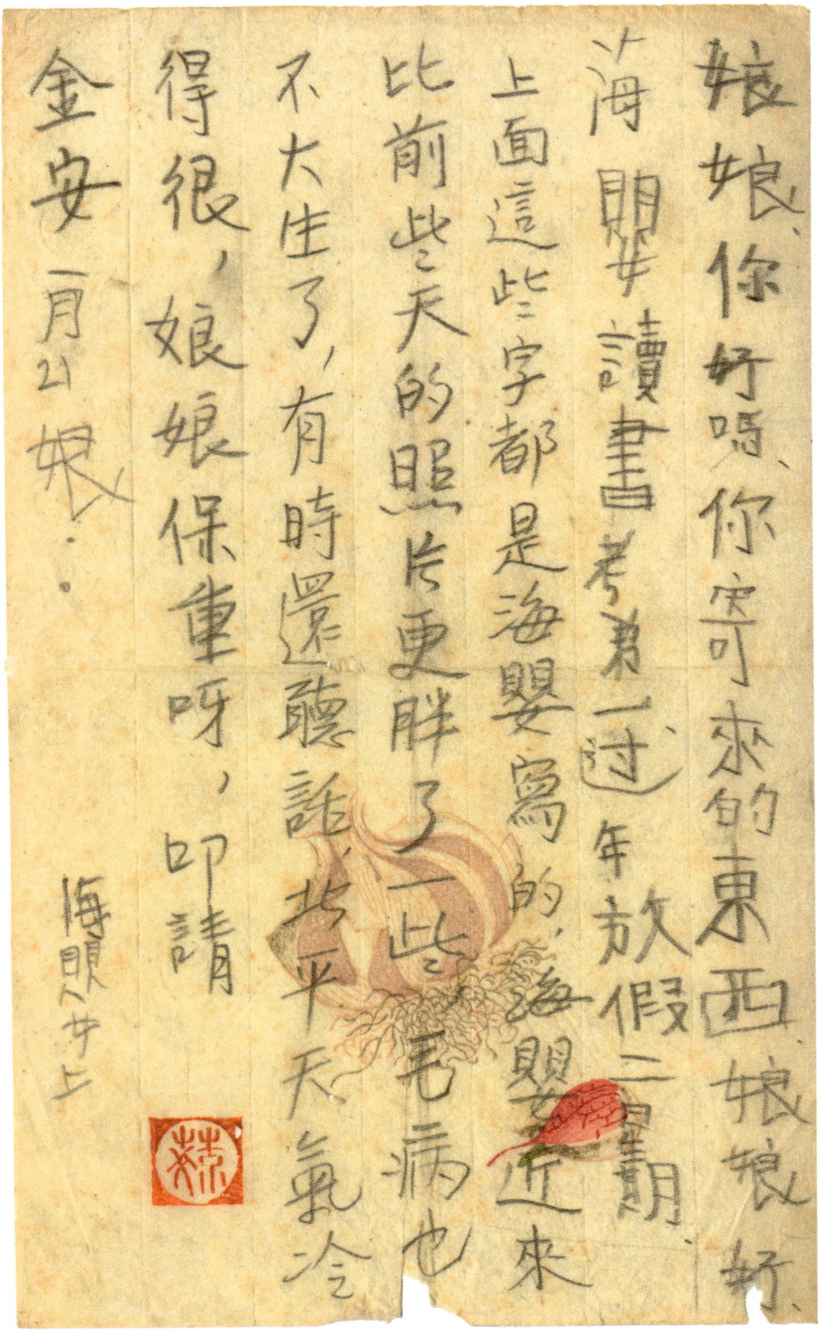
娘娘、你好嗎、你寄來的東西、娘娘、好、
海嬰讀書考第一過年放假二星期、
上面這些字都是海嬰寫的，海嬰近來
比前些天的照片更胖了一些，毛病也
不大生了，有時還聽話，北平天氣冷
得很，娘娘保重呀，叩請
金安
一月廿一 娘娘
海嬰上

郵寄書籍，是由郵差送到，還須自己去取，有無不便之處，
請便中示知，倘有不便，當另設法。
上海並不甚冷，只下過一回微雪，當夜消化了，現已正月底，
大約不會再下。男及害馬均好，海嬰亦好，整日在家裏
閙頑，不是寫字，就是敲破東西，幸而再一禮拜，幼稚園
也要開學了，要不然，真是不得了。
專此佈達，恭請
金安。 男樹叩上
廣平海嬰同叩
二月一日

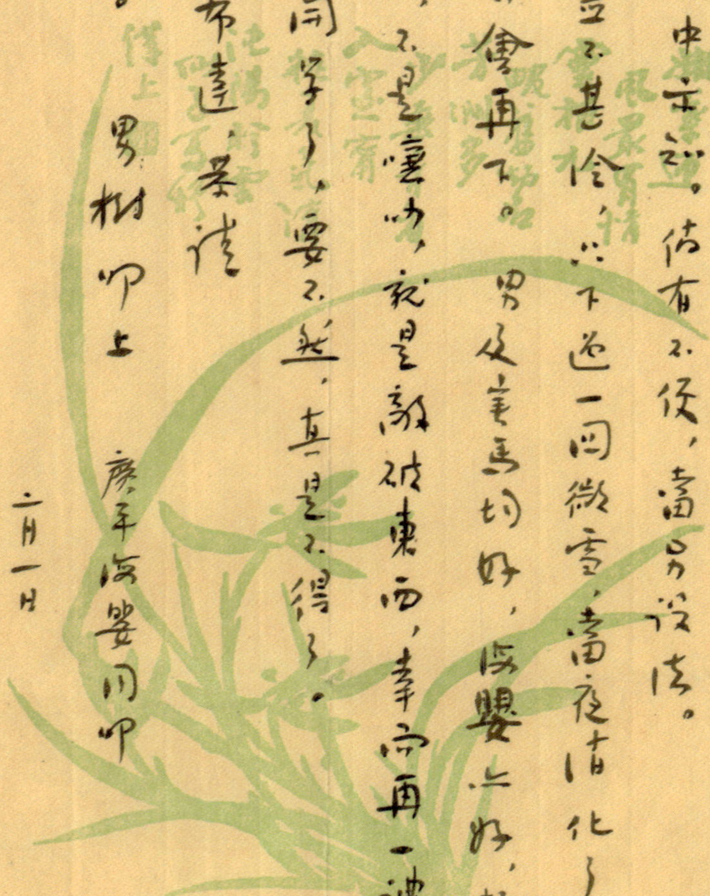

母親大人膝下、敬禀者、一月二十七日来信、昨已收到。

関于房屋、已函托紫佩了、但至今未有回信、不知何故。

昨天寄去十元、系送他五十歲的壽禮、男出外的時候多、

事情都不大清楚了、先前還以為紫佩不過四十上下呢。就

是善先、在心目中總只記得他是一個十一二歲的小孩子、像

七年前男回家時所見的樣子、然而已經十八歲了、這真奇怪

男的頭髮要花白了。一切朋友和同学、孩子都已二十歲上下、

海嬰每一看見、如這他是男的朋友的兒子、便奇怪的問道：

他為什麼會這樣大呢。

今天寄出書三本、是送与善先的、收到後請轉交。但不知

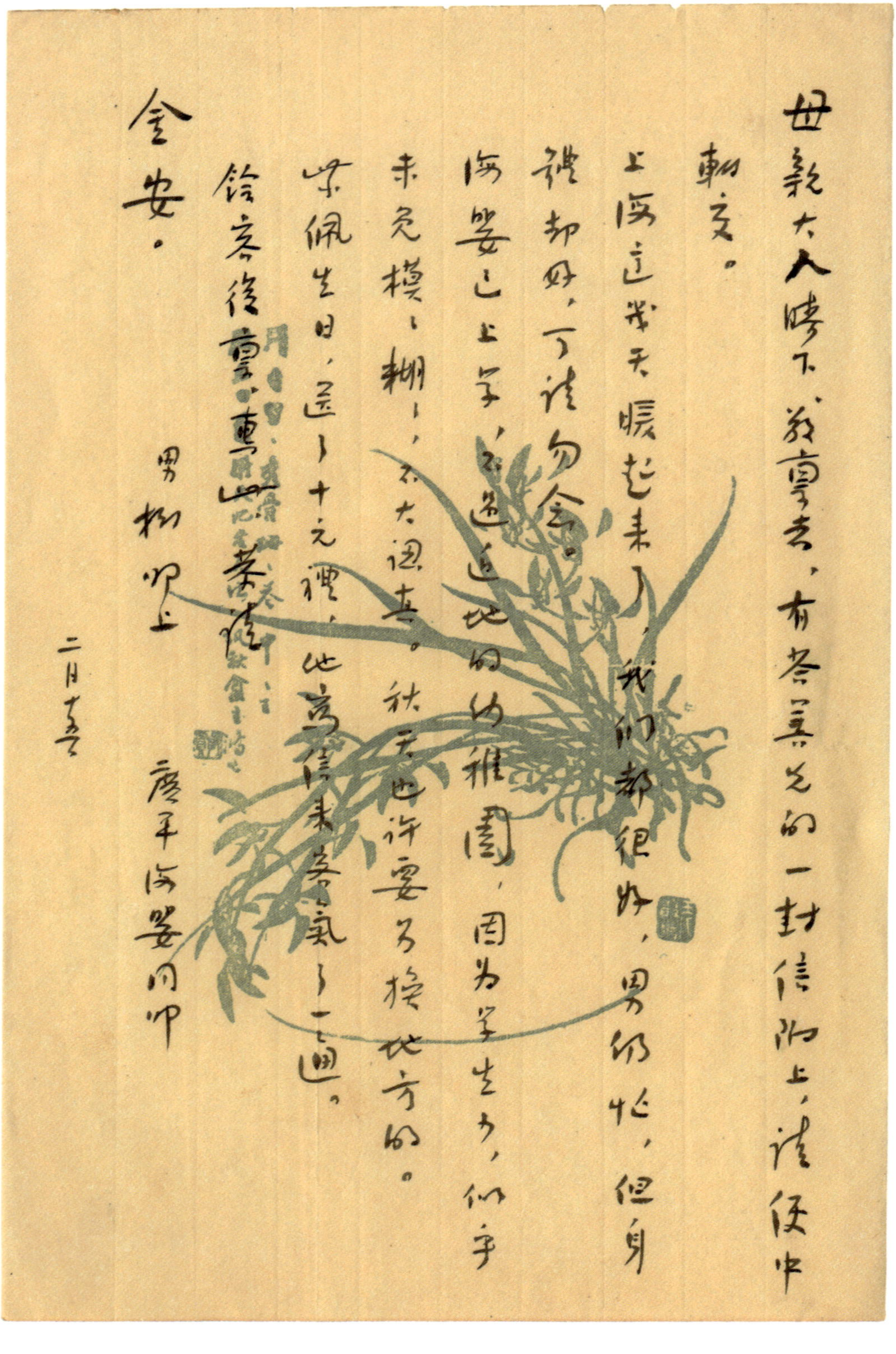

母亲大人膝下，敬禀者，有答复老三的一封信附上，请便中转交。上海这几天暖起来了，我们都很好，男仍忙，但身体却好，可请勿念。海婴已上学，不过近地的幼稚园，因为学生少，似乎未免模模糊糊，不大认真。秋天也许要另换地方的。紫佩生日，送了十元礼，他写信来客气了一通。余容后禀。专此，恭请

金安。

男树叩上

广平海婴同叩

二月十五

母親大人膝下，敬稟者，多日不寫信了，想身體康健，為念。上海天氣，仍甚寒冷，須穿棉衣。上月底男因出外受寒，突生氣喘，幾乎不能支持，幸醫生已到，急注射一針，始漸平復，後臥牀三日始能起身，現已可稱復元，但稍乏力，可請勿念。至于氣喘之病，一向未有，此是第一次，將來是否不至于復發，現在尚不可知也，大約小心寒暖，則可以免患耳。害馬傷風了幾天，現已愈。海嬰則甚好，胖了起來。但比雅園中教師，則嬾惰而不甚會教，遠遜去年矣。和森兄有信來，言回信可付善先，今作封寄，今附上，請便中交給他。專此布達，恭請

金安。

男 樹叩上　廣平海嬰隨叩

三月二十日

母親大人膝下，敬禀者，三月二十六日來示，頃已收到。男總算已經復元，至于似亦不再復發，此刻却難預料。現已做了絲棉袍一件，且每日喝一種藥，是廣東出品，云可醫咳，似頗有效，近來咳嗽確是很少了。惟寫字作文，仍未能減少，因為以此為活，總不免有許多相關的事情。

海嬰學校仍未換，因為鄰近也沒有較好的學校。但他身體很好，很長，在同學中，要高出一個頭。也比先前聽話，懂得道理了。先前有男的朋友送他一輛三輪腳踏車，早已騎破，現在已在鬧着要買兩輪的，大約春假一到，又非敲他十多塊錢不可了。害馬亦好，可請勿念。

專此布達，恭請

金安。

男樹叩上

廣平及海嬰同叩

四月一日

母亲大人膝下，敬禀者，五月二日来示，昨已收到。丈量的事，既经办妥，总算了了一件事。

海婴很好，每日上学，不大赖学了，但新添了一样花头，是礼拜天要看电影，冬天胖了一下，近来又瘦长起来了。大约孩子是春天长起来，长的时候，就要瘦的。

男早已复原，不过仍是忙，害马亦好，可请勿念。上海虽亦经火炉，但仍颇冷，夜里可穿棉袄，这是今年特别的。

专此布复，恭请

金安。

男　树　叩上　广平及海婴同叩、　五月七日

⊙一九三六年五月起鲁迅身体开始每天发热。此照是十月二日朋友为其在公寓所摄，从中可见鲁迅身体已经十分瘦弱。这也是鲁迅生前在寓中最后一张照片。

母親大人膝下敬禀者，不寫信件已將兩月了，其間曾託老三代陳大略，聞早已達覽。男自五月十六日起，突然發熱，加以氣喘，從此日見沉重，至月底，頗近危險，幸一二日後，即見轉機，而發熱終不退。到七月初，乃用透物電光照視肺部，始知男盖從少年時即有肺病，至少曾發病兩次，又曾生重症肋膜炎一次，現肋膜變厚，至于不通電光，但當時竟並不醫治，且不自知其重病而自然全愈者，盖身體底子極好之故也。現今年老，體力已衰，故舊病一發，遂竟纏綿至此。近日病狀，幾乎退盡，胃口早已復元，臉色亦早恢復，惟每日仍發微熱，但不高，則凡生肺病的人，無不如此，醫生每日來注射，據云數日後即可不發，而且再過兩星期，也可以停止吃藥了。所以病已向愈，萬請勿念為要。海嬰已以第一名在幼稚園畢業，其實亦不過「山中無好漢猢猻稱霸王」而已。專此布達，恭請

金安。

男樹叩上　廣平海嬰同叩　七月六日

好的，就是炳生來，也一定不高明。

馬理早到上海，老三寓中有外姓同住（上海居民，一家們獨賃一宅的不多），不大便當，就在男寓中住了幾天，現在搬到她朋友家裏去了（姓陶的，也許是先生），不久還要來住幾天也說不定。但這事不可給八道灣知道，否則，又有大風波的。

害馬上月生胃病，看了一回醫生，喫四天藥，好了。

專此布達，恭請

金安。

男樹叩上　廣平海嬰同叩　八月廿五日

母親大人膝下敬禀者，來信收到，給老三的孩子的信，亦早已轉交。

男病比先前已好得多，但有時總還有微熱，一時離不開醫生，所以雖想轉地療養一兩月，現在也還不能去。到下月初，也許可以走了。

海嬰安好，瘦長了，生一點瘡。仍在大陸小學，進一年級，已開學。學校辦得並不好，貪圖近便，關關而已。照相當俟秋涼，成後寄上。何小姐我看是並不會照相的，不過在練習，照不

能離開醫生，所以今年不能到別處去休養了。肺病是不會斷根的病，全愈是不能的，但四十以上人，却無性命危險，況且一發即醫，不要緊的，請放心為要。馬理已來過，取了兩本書去。她還是孩子脾氣，看得上海很新鮮。但據男看來，她的先生（北平叔道的）和朋友都頗滑，恐怕未必能給她帮助，到緊要時，都托故溜開了。

害馬胃已醫好。海嬰亦好，仍上大陸小學。

專此布達，恭請

金安。

男 樹 叩上

廣平海嬰同叩 九月三夜

一九三六年・九月三日夜　共二页

母親大人膝下，敬禀者，八月三十日信收到。男確是吐了幾十口血，但不過是痰中帶血，不到一天，就由醫生用藥止住了。男所生的病，報上雖說是神經衰弱，其實不是，而是肺病，且已經生了二三十年，被八道灣趕出後的一回，和章士釗鬧的一回，躺倒過的，就都是這病，但那時年富力強，不久醫好了。男自己也不喜歡多講，令人擔心，所以很少人知道。初到上海後，也發過一回，今年是第四回，大約因為年紀大了之故罷，一直醫了三個月，還沒有能夠停藥，因此也未

姊妹，只生他一個，冷靜得很。見了瑪利，他很高興，但被他粘纏起來的時候，我看實在也討厭之至。北京今年這樣熱，真是意料不到的事。上海這不算大熱，現在涼了，而太陽出時，仍可穿單衣。害馬甚好，請勿念。

專此佈達，恭請

金安。

男樹叩上

廣平攜海嬰同叩

九月二十二

母親大人膝下，敬禀者，九月八日來信，早已收到。

男近日情形，比先前又好一點，臉上的樣子，已經恢復了病前的狀態了，但有時總還要發低熱，所以仍在注射。大約再過一星期，就停下來看一看。

海嬰仍在原地方讀書，夏天頭上生了幾個小瘡，現在好了，前天跌跤割破了手，鮮血淋漓，今天又好了。他同瑪利很要好，因為他一向是喜歡客人，愛熱鬧的，平常也時時口出怨言，說沒有兄弟

释文

鲁迅寄给母亲的信仅存五十封（其中一封为残信）。这些信集中展现了鲁迅对母亲既深切又细腻的感情，鲁迅为人为文的谐趣也散在其中。为了方便阅读，我们把这些信的释文完整收录其中。

释文

⊙【一九三二】

⊙【一九三三】

⊙【一九三四】

⊙【一九三五】

⊙【一九三六】

⊙二十世纪五十年代初，官门口俯瞰图。

【一九三二】

⊙宫门口西三条胡同。

宫门口西三条胡同二十一号，即鲁迅邮寄母亲信的通联地址。此院坐落在北京西城阜成门内（现为鲁迅博物馆）。鲁迅母亲与朱安在此度过了晚年岁月。

三月二十日

母亲大人膝下敬禀者，十七日寄奉一函，想已到。现男等已于十九日回寓，见寓中窗户，亦被炸弹碎片穿破四处，震碎之玻璃，有十一块之多。当时虽有友人代为照管，但究不能日夜驻守，故衣服什物，已有被窃去者，计害马衣服三件，海婴衣裤袜子手套等十件，皆系害马用毛线自编，厨房用具五六件，被一条，被单五六张，合共值洋七十元，损失尚算不多。两个用人，亦被窃去值洋二三十元之物件。惟男则除不见了一柄洋伞之外，其余一无所失，可见书籍及破衣服，偷儿皆看不入眼也。

老三旧寓，则被炸毁小半，门窗多粉碎，但老三之物，则除木器颇被炸破之外，衣服尚无大损，不过房子已不能住，所以他搬到法租界去了。

海婴疹子见点之前一天，尚在街上吹了半天风，但次日却发得很好，移至旅馆，又值下雪而大冷，亦并无妨碍，至十八夜，热已退净，遂一同回寓。现在胃口很好，人亦活泼，而更加顽皮，因无别个孩子同玩，所以只在大人身边吵嚷，令男不能安静。所说之话亦更多，大抵为绍兴话，且喜吃咸，如霉豆腐，盐菜之类。现已大抵吃饭及粥，牛乳只吃两回矣。男及害马，全都安好，请勿念。淑卿小姐久不见，但闻其肚子已很大，不久便将生产，生后则当与其男人同回四川云。

专此布达，恭请

金安。

男树叩上　三月二十日夜

七月二日

母亲大人膝下敬禀者，顷接到六月二十六日来信，敬悉一切。海婴现已全愈，且又胖起来，与生病以前相差无几，但还在吃粥，明后天就要给他吃饭了。

他很喜欢玩耍，日前给他买了一套孩子玩的木匠家生，所以现在天天在敲钉，不过不久就要玩厌的。

近来也常常领他到公园去，因为在家里也实在闹得令人心烦。附上照片一张，是我们寓所附近之处，房屋均已修好，已经看不出战事的痕迹来，站在中间的是害马抱着海婴，但因为照得太小，所以看不清楚了。上海已逐渐暖热，霍乱曾大流行，现已较少，大约从此可以消灭下去。男及害马均安好，请勿念。老三已经回到上海，下半年去否未定，男则以为如别处有事可做，总以不去为是，因为现在的学校，几乎没有一个可以安稳教书吃饭也。

专此布达，恭请

金安。

男树叩上　害马及海婴随叩　七月二日

⊙许广平和海婴留影。照片上有鲁迅题字：一九三二年六月渡边义知君所照　上海北四川路也。

⊙一九二五年四月五日鲁迅请云松阁的花匠种植的丁香树。

⊙四合院南房为鲁迅的会客室兼藏书室。

室内墙壁上的鲁迅炭笔速写像是同乡画家陶元庆绘，鲁迅非常喜欢，并一直挂在墙上。

七月十一日

母亲大人膝下敬禀者，七月四日的信，已经收到，前一信也收到了。家中既可没有问题，甚好，其实以现在生活之艰难，家中历来之生活法，也还要算是中上，倘还不能相谅，大惊小怪，那真是使人为难了。现既特雇一人，专门伏待[侍]，就这样试试再看罢。男一切如常，但因平日多讲话，毫不客气，所以怀恨者颇多，现在不大走出外面去，只在寓里看看书，但也仍做文章，因为这是吃饭所必需，无法停止也，然而因此又会遇到危险，真是无法可想。

害马虽忙，但平安如常，可释远念。海婴是更加长大了，下巴已出在桌面之上，因为搬了房子，常在明堂里游戏，或到田野间去，所以身体也比先前好些。能讲之话很多，虽然有时要撒野，但也能听大人的话。许多人都说他太聪明，还欠木一点，男想这大约因为常与大人在一起，没有小朋友之故，耳濡目染，知道的事就多起来，所以一到秋凉，想送他到幼稚园去了。上海近数日大热，屋内亦有九十度，不过数日之后，恐怕还要凉的。

专此布达，恭请

金安。

男树叩上　广平及海婴同叩　七月十一日

【十一月十二日】

母亲大人膝下敬禀者，十一月六日信已收到。心梅叔地址，系“绍兴城内大路，元泰纸店”，不必写门牌，即可收到。修坟已择定旧历九月廿八日动工，共需洋三十元，又有亩捐，约需洋二十元，大约连太爷之祭田在内，已由男汇去五十元，倘略有不足，俟细账开来后，当补寄，请勿念。上海天气亦已颇冷，但幸而房子朝南，所以白天尚属温暖。男及害马均安好，但男眼已渐花，看书写字，皆戴眼镜矣。海婴很好，脸已晒黑，身体亦较去年强健，且近来似较为听话，不甚无理取闹，当因年纪渐大之故，惟每晚必须听故事，讲狗熊如何生活，萝卜如何长大等等，颇为费去不少工夫耳。余容续禀，专此，恭请

金安。

男树叩上　广平及海婴随叩　十一月十二日

十二月十九日

母亲大人膝下，敬禀者，十二月二日的来信，早已收到。心梅叔有信寄老三，云修坟已经动工，细账等完工后再寄。此项经费，已由男预先寄去五十元，大约已所差无几，请大人不必再向八道湾提起，免得因为一点小事，或至于淘气也。海婴仍不读书，专在家里捣乱，拆破玩具，但比上半年懂事得多，且较为听话了。男及害马均安好，并请勿念。上海天气渐冷，可穿棉袍，夜间更冷，寓中已于今日装置火炉矣。余容续禀，专此布达，恭请

金安。

男树叩上　十二月十九日

⊙鲁迅在景云里书房照。

⊙上海北四川路。

【一九三四】

⊙上海景云里寓所外景。

景云里建造于一九二五年，是三排三层小楼。一九二七年十月八日，鲁迅和许广平搬进景云里二十三号，这里是他们的第一个寓所，两人在这条弄堂里住了两年多。

三月十五日

母亲大人膝下，敬禀者，久未得来示为念。近闻天津报上，有登男生脑炎症者，全系谣言，请勿念为要。害马亦好，惟海婴于十日前患伤风发热，即经延医诊治，现已渐愈矣。和莽兄不知已动身否？至今未见其来访也。专此布达，恭请

金安。

男树叩上　广平及海婴随叩　三月十五夜

【三月二十九日】

母亲大人膝下，敬禀者，得来示，知大人亦患伤风，现已全愈，甚慰。海婴亦已复元，胃口很开了。上海本已和暖，但近几天忽又下雨发风，冷如初冬，仍非生火炉不可。惟寓中均安，可请放心。

老三亦好，只是公司中每日须办公八点钟，未免过于劳苦；至于寄信退回，据云系因信面上写号之故，因为公司门房仅知各人之名，此后可写书名，即不至收不到了。

专此布达，恭请

金安。

男树叩　广平及海婴随叩　三月廿九夜

【四月十三日】

母亲大人膝下，敬禀者，四月七日来信，今已收到，知京寓一切平安，甚喜甚慰。和森及子佩，均未见过，想须由家中出来过上海时，始来相访了。海婴早已复元，医生在给他吃一种丸药，每日二粒，云是补剂，近日胃口极开，而终不见胖，大约如此年龄，终日玩皮，不肯安静，是未必能胖的了。医生又谓在今年夏天，须令常晒太阳，将皮肤晒黑，但此事须在海边或野外，沪寓则殊不便，只得临时再想方法耳。今年此地天气极坏，几乎每日风雨，且颇冷。害马多年想看南镇及禹陵，今年亦因香市时适值天冷且雨，竟不能去，现在夜间亦尚可穿棉袄也。害马安好，男亦安，惟近日胃中略痛，此系老病，服药数天即愈，乞勿远念为要。专此布达，恭请

金安。

男树叩上　广平海婴随叩　四月十三日

【四月二十五日】

母亲大人膝下，敬禀者，四月十六日来示，早经收到。

和森兄因沪地生疏，又不便耽搁，未能晤谈，真是可惜，紫佩亦尚未来过，大约在家中多留了几天。今年南方天气太冷，果菜俱迟，新笋干尚未上市，不及托紫佩带回，只能将来由邮局寄送了。男胃病先前虽不常发，但偶而作痛的时候，一年中也或有的，不过这回时日较长，经服药约一礼拜后，已渐痊愈，医言只要再服三日，便可停药矣，请勿念为要。害马亦好。海婴则已颇健壮，身子比去年长得不少，说话亦大进步，但不肯认字，终日大声叱咤，玩耍而已。今年夏天，拟设法令晒太阳，则皮肤可以结实，冬天不致于容易受寒了。老三亦如常，但每日作事八点钟，未免过于劳苦而已。余容续禀。

专此布达，恭请

金安。

男树叩上　广平及海婴随叩　四月二十五日

【五月四日】

母亲大人膝下敬禀者，四月三十日来示，顷已收到。紫佩已来过，托其带上桌布一条，枕头套二个，肥皂一盒，想已早到北平矣。男胃痛现已医好，但还在服药，医生言因吸烟太多之故，现拟逐渐少，至每日只吸十支，惟不知能否做得到耳。害马亦安好。海婴则日见长大，每日要讲故事，脾气已与去年不同，有时亦懂道理，容易教训了。大人想必还记得李秉中君，他近因公事在上海，见了两回，闻在南京做教练官，境况似比先前为佳矣。余容续禀，

敬请

金安。

男树叩上　海婴及广平同叩　五月四日

【五月十六日】

母亲大人膝下敬禀者，紫佩已早到北平，当已经见过矣。昨闻三弟说，笋干已买来，即可寄出。又，三日前曾买《金粉世家》一部十二本，又《美人恩》一部三本，皆张恨水所作，分二包，由世界书局寄上，想已到，但男自己未曾看过，不知内容如何也。上海已颇温暖，寓中一切平安，请勿念为要。专此布达，恭请

金安。

男树叩上　广平及海婴同叩　五月十六日

【五月二十九日】

母亲大人膝下，敬禀者，五月十六日来函，早已收到。

胃痛大约很与香烟有关，医生说亦如此，但减少颇不容易，拟逐渐试办，且已改吸较好之烟卷矣。至于痛，则早已全愈，停药已有两星期之久了，请勿念。害马及海婴均安好，惟海婴日见长大，自有主意，常出门外与一切人捣乱，不问大小，都去冲突，管束颇觉吃力耳。

十六日函中，并附有太太来信，言可铭之第二子，在上海作事，力不能堪，且多病，拟招至京寓，一面觅事，问男意见如何。可铭之子，三人均在沪，其第三子由老三荐入印刷厂中，第二子亦曾力为设法，但终无结果。男为生活计，只能漂浮于外，毫无恒产，真所谓做一日，算一日，对于自己，且不能知明日之办法，京寓离开已久，更无从知道详情及将来，所以此等事情，可请太太自行酌定，男并无意见，且亦无从有何主张也。以上乞转告为祷。

专此布达，恭请

金安。

男树叩上　广平及海婴同叩　五月廿九日

【六月十三日】

母亲大人膝下，敬禀者：来信已经收到。海婴这几天不到外面去闹事了，他又到公园和乡下去。而且日见其长，但不胖，议论极多，在家时简直说个不歇。动物是不能给他玩的，他有时优待，有时则要虐待，寓中养着一匹老鼠，前几天他就用蜡烛将后脚烧坏了。至于学校，则今年拟不给他去，因为四近实无好小学，有些是骗钱的，教员虽然打扮得很时髦，却无学问；有些是教会开的，常要讲教，更为讨厌。海婴虽说是六岁，但须到本年九月底，才是十足五岁，所以不如暂且任他玩着，待到足六岁时再看罢。

上海从今天起，已入了梅雨天，虽然比绍兴好，但究竟也颇潮湿。一面则苍蝇蚊子，都出来了。男胃病已愈，害马亦安好，可请勿念。李秉中君在南京办事，家眷即住在南京，他自己则有时出外，因为他是在陆军里做训育事务的，所以有时要跟着走，上月见过一回，比先前胖得多了。余容续禀，专此布达，恭请

金安。

男树叩上　广平及海婴同叩　六月十三日

七月十二日

母亲大人膝下，敬禀者，久不得来信了，今日上午，始收到一函，甚慰。但大人牙痛，不知已否全愈，至以为念。牙既作痛，恐怕就要摇动，一摇动，即易于拔去，故男以为俟稍凉似可与一向看惯之牙医生一商量，倘他说可保无痛，则不如拔去，另装全口假牙，不便也不过一二十天，用惯之后，即与真牙无异矣。

说到上海今年之热，真是利害，晴而无雨，已有半月以上，每日虽房内也总有九十一二至九十五六度，半夜以后，亦不过八十七八度，大人睡不着，邻近的小孩，也整夜的叫。但海婴却好的，夜里虽然多醒一两次，而胃口仍开，活泼亦不减，白天仍然满身流汗的忙着玩要。现于他的饮食衣服，皆加意小心，请释念为要。

害马亦还好；男亦如常，惟生了许多痱子，搽痱子药亦无大效，盖旋好旋生，非秋凉无法可想也。为销夏起见，在喝啤酒；王贤桢小姐的家里又送男杨梅烧一坛，够吃一夏天了。

上海报上，亦说北平大热，今得来函，始知不如报章所传之甚。而此地之炎热，则真是少见，大家都在希望下雨，然直至此刻，天上仍无片云也。

专此布复，恭请

金安。

男树叩上　广平及海婴同叩　七月十二日

【七月三十日】

母亲大人膝下，敬禀者，七月十六日信，早已收到。现在信上笔迹，常常不同，大约俞小姐她们不大来，所以只好随时托人了罢。上海在七八天前，因有大风，凉了几日，此刻又热起来了，但时亦有雨，比先前要算好的。男因在风中睡熟，生了两天小伤风，现已痊愈。害马海婴都好。但海婴因大起来，心思渐野，在外面玩的时候多，只在肚饥之时，才回家里，在家里亦从不静坐，连看看也吃力的。前天给他照了一张相，大约八月初头可晒好，那时当寄上。他又要写信给母亲，令广平照抄，今亦附上，内有几句上海话，已在旁边注明。女工又换了一个，是绍兴人，年纪很大，大约可以做得较为长久；领海婴的一个则照旧，人虽固执，但从不虐待小孩，所以我们是不去回复他的。

专此，恭请

金安。

男树叩上　七月三十日

【八月十二日】

母亲大人膝下，敬禀者，六日的信，已收到。给海婴的信，也读给他听了，他非常高兴。他的照片，想必现在已经寄到，其实他平常是没有照片上那样的老实的。今年我们本想在夏初来看母亲，后来因为男走不开，广平又不愿男独自留在上海，牵牵扯扯，只好中止了。但将来我们总想找机会北上一次。

老三是好的，但他公司里的办公时间太长，所以颇吃力。所得的薪水，好像每月也被八道湾逼去一大半，而上海物价，每月只是贵起来，因此生活也颇窘的。不过这些事他决不肯对别人说，只有他自己知道。男现只每星期六请他吃饭并代付两个孩子的学费，此外什么都不帮，因为横竖他去献给八道湾，何苦来呢？八道湾是永远填不满的。

钦文出来了，见过两回，他说以后大约没有事了。

余容续禀，恭请

金安。

男树叩上　广平及海婴同叩　八月十二日

【八月二十一日】

母亲大人膝下敬禀者，十五日来信，前日收到。张恨水们的小说，已托人去买去了，大约不出一礼拜之内，当可由书局直接寄上。

海婴的痢疾，长久不发，看来是断根了；不过容易伤风，但也是小毛病，数日即愈。今年大热，孩子大抵生病或生疮，他却只伤风了一回，此外都很好，所以，他是没有什么病的。但他大约总不会胖起来。他每天约七点钟起身，不肯睡午觉，直至夜八点钟，就没有静一静的时候。要吃东西，要买玩具，闹个不休。客来他要陪（其实是来吃东西的），小事也要管，怎么还会胖呢。他只怕男一个人，不过在楼下闹，也仍使男不能安心看书，真是没有法子想。

上海近来又热起来，每天总在九十度以上，夜间较凉，可以安睡。男及广平均好，三弟亦好，大约每礼拜可以见一回，并希勿念为要。

专此布复，敬请

金安。

男树叩上　广平海婴同叩　八月二十一日

【八月三十一日】

母亲大人膝下，敬禀者，八月廿三及廿八日两信，均已收到。海婴这人，其实平常总是很顽皮的，这回照相，却显得很老实。现在已去添晒，下星期内可寄出，到时请转交。

小说已于前日买好，即托书店寄出，计程瞻庐作的二种，张恨水作的三种，想现在当已早到了。

何小姐确是男的学生，与害马同班，男在家时，她曾来过两三回，所以母亲觉得面熟。如果到上海来，我们是可以看见的，当向她道谢。

近几天，上海时常下雨，所以颇为凉爽了，不过于旱灾已经无可补救，江浙乡下，确有抢米的事情。上海平安，惟米价已贵至每石十二元六角。男及害马海婴均安好，请勿念。

专此布达，恭请

金安。

男树叩上　广平及海婴同叩　八月三十一日

九月十六日

母亲大人膝下敬禀者，来信已收到。给老三的信，亦于前日收到，当即转寄了。长连所要的照相，因要寄紫佩书籍，便附在里面，托其转交大人，想不久即可收到矣。

张恨水的小说，定价虽贵，但托熟人去买，可打对折，其实是不贵的。即如此次所寄五种，一看好像要二十元，实则连邮费不过十元而已。

何小姐已到上海来，曾当面谢其送母亲东西，但那照相，却因光线不好，所以没有照好，男是原想向她讨一张的，现在竟讨不到。

上海久旱，昨夜下了一场大雨，但于秋收恐怕没什么益处了。合寓都平安如常，请勿念。

海婴也好的，他要他母亲写了一张信，今附上。他是喜欢夏天的孩子，今年如此之热，别的孩子大抵瘦落，或者生疮了，他却一点也没有什么。天气一冷，却容易伤风。现在每天很忙，专门吵闹，以及管闲事。

专此布达，恭请

金安。

男树叩上　广平及海婴随叩　九月十六日

【九月二十七日】

母亲大人膝下敬禀者，来信收到。秉中不肯说明地址，即因恐怕送礼之故，他日相见，当面谢之。海婴照相，系便中寄与紫佩，托其转交，并有一信。今紫佩并无信来言不收到，想必不至于遗失。近见《申报》，往郑州开国语统一会之北平代表，有紫佩名，然则他近日盖不在北平也。海婴近来较为听话，今日为他出世五周年之生日，但作少许小菜，大家吃了一餐，算是庆祝，并不请客也。

专此布达，恭请

金安。

男树叩上　广平及海婴同叩　九月廿七日

十月二十日

母亲大人膝下，敬禀者，十月十三日来示，已经收到，这之前的一封信，也收到的。上海出版的有些小说，内行人去买，价钱就和门市不同，譬如张恨水的小说，在世界书店本店去买是对折或六折，但贩到别处，就要卖十足了。不过书店生意，还是不好，这是因为大家都穷起来，看书的人也少了的缘故。海婴渐大，懂得道理了，所以有些事情已经可以讲通，比先前好办，良心也还好，好客，不小气，只是有时要欺侮人，尤其是他自己的母亲，对男却较为客气。明年本该进学校了，但上海实在无好学校，所以想缓一年再说。有一封他口讲，广平写下来的信，今附呈。上海天气尚温和，男及广平均好，请勿念为要。

专此布达，恭请

金安。

男树叩上　广平及海婴同叩　十月二十日

【十月三十日】

母亲大人膝下，敬禀者，十月二十五日信并照相两张，均已收到，老三的一张，当于星期六交给他，因为他只在星期六夜或星期日才有闲空，会来谈天的。这张相照的很好，看起来，与男前年回家的时候，模样并无什么不同，不胜欣慰。海婴已看过，他总算第一回认识娘娘了。现在他日夜顽皮，女仆的话简直不听，但男的话却比较的肯听，道理也讲得通了，不小气，不势利，性质还总算好的。现身体亦好，因为将届冬天，所以遵医生的话，在吃鱼肝油了。上海天气尚未大冷，男及害马亦均好，请勿念。和森之女北来，母亲拟令其住在我家，可以热闹一些，男亦以为是好的。

专此布复，恭请

金安。

男树叩上　广平及海婴同叩　十月三十日

十一月十八日

母亲大人膝下，敬禀者，来信并小包两个，均于昨日下午收到。这许多东西，海婴高兴得很，他奇怪道：娘娘怎么会认识我的呢？

老三刚在晚间来寓，即将他的一份交给他了，满载而归，他的孩子们一定很高兴的。

给海婴的外套，此刻刚刚可穿，内衬绒线衣及背心各一件；冬天衬衣一多，即太小，但明年春天还可以穿的。他的身材好像比较的高大，昨天量了一量，足有三尺了，而且是上海旧尺，倘是北京尺，就有三尺三寸。不知道底细的人，都猜他是七岁。

男因发热，躺了七八天，医生也看不出什么毛病，现在好起来了。大约是疲劳之故，和在北京与章士钊闹的时候的病一样的。卖文为活，和别的职业不同，工作的时间总不能每天一定，闲起来整天玩，一忙就夜里也不能多睡觉，而且就是不写的时候，也不免在想想，很容易疲劳的。此后也很想少做点事情，不过已有这样的一个局面，恐怕也不容易收缩，正如既是新台门周家，就必须撑这样的空场面相同。至于广平海婴，都很好，并请勿念。

上海还不见很冷，火炉也未装，大约至少还可以迟半个月。

专此布达，恭请

金安。

男树叩上　广平海婴随叩　十一月十八日

【十二月六日】

母亲大人膝下，敬禀者，十一月二十六日来信，早经收到。男这回生了二十多天病，算是长的，但现在已经好起来了，胃口渐开，精神也恢复了不少，服药亦停止，可请勿念。害马也好的。海婴很好，因为医生说给他吃鱼肝油（清的），从一月以前起，每餐后就给他吃一点，腥气得很，而他居然也能吃。现在胖了，抱起来，重得像一块石头，我们现在才知道鱼肝油有这样的力量，但麦精鱼肝油及男在北平时所吃的那一种，却似乎没有这么有力。

他现在整天的玩，从早上到睡觉，没有休息，但比以前听话。外套稍小，但明年春天还可以穿一回，以后当给与老三的孩子，他们目下还用不着，大的穿起来太小，小的穿又太大。

上海总算是冷了，寓中已装火炉，昨晚生了火，热得睡不着，可见南边虽说是冷，总还暖和，和北方是比不来的。

专此布达，恭请

金安。

男树叩上　广平海婴随叩　十二月六日

【十二月十六日】

母亲大人膝下，敬禀者。海婴要写信给母亲，由广平写出，今寄上。话是他嘴里讲的，夹着一点上海话，已由男在字旁译注，可以懂了。他现在胖得圆圆的，比先前听话，这几天最得意的有三件事，一，是亦能陪客（其实是来捣乱），二是自来水龙头要修的时候，他认识工人的住处，能去叫来，三是刻了一块印章。在信后面说的就是。但字却不大愿意认，说是每天认字，也不确的。母亲寄给我们的照相，现已配好镜框，挂在房中，和三年前见面的时候，并不两样，而且样子很自然，要算照得最好的了。男病已愈，胃口亦渐开；广平亦好，请勿念为要。

专此布达，恭请

金安。

男树叩上　广平海婴随叩　十二月十六日

⊙二十世纪三十年代初，上海街头。

⊙大陆新村九号外景。

大陆新村一百三十二弄九号是鲁迅一生中最后一处寓所。一九三三年四月迁入，直至到他去世。鲁迅对这里很满意，他在给友人的信中曾多次提到：房子朝南，阳光、空气皆好。

一月四日

母亲大人膝下敬禀者，去年十二月二十日的信，早经收到。现在是总算过了年三天了，上海情形，一切如常，只倒了几家老店；阴历年关，恐怕是更不容易过的。男已复原，可请勿念。散那吐瑾未吃，因此药现已不甚通行，现在所吃的是麦精鱼肝油之一种，亦尚有效。至于海婴所吃，系纯鱼肝油，颇腥气，但他却毫不要紧。

去年年底，给他照了一个相，不久即可去取，倘照得好，不必重照，则当寄上。元旦又称了一称，连衣服共重四十一磅，合中国十六两称三十斤十二两，也不算轻了。他现在颇听话，每天也有时教他认几个字，但脾气颇大，受软不受硬，所以骂是不大有用的。我们也不大去骂他，不过缠绕起来的时候，却真使人烦厌。

上海天气仍不甚冷，今天已是阴历十二月初一了，有雨，而未下雪。今年一月，老三那里只放了两天假，昨天就又须办公了。害马亦好，并请放心。

专此布达，恭请

金安。

男树叩上　广平海婴同叩　一月四日

【一月十六日】

母亲大人膝下，敬禀者，日前寄上海婴照片一张，想已收到。小包一个，今天收到了。酱鸭酱肉，略起白花，蒸过之后，味仍不坏，只有鸡腰是全不能吃了。其余的东西，都好的。下午已分了一份给老三去。但其中的一种粉，无人认识，亦不知吃法，下次信中，乞示知。

上海一向很暖，昨天发风，才冷了起来，但房中亦尚有五十余度。寓内大小俱安，请勿念为要。

海婴有几句话，写在另一张纸上，今附呈。

专此布达，恭请

金安。

男树叩上　广平及海婴同叩　一月十六日

【三月一日】

母亲大人膝下，敬禀者，来信收到。

俞二小姐如果能够送来，那是最好不过的了，总比别的便人可靠。但火车必须坐卧车；动身后打一电报，我们可以到车站去接。以上二事，当另函托紫佩兄办理。

寓中均安，男亦安好，不过稍稍忙些。海婴也很好，大家都说他大得快；今天又给他种了一回牛痘，是第二回了。

专此布复，恭请

金安。

男树叩上　广平及海婴随叩　三月一日

【三月一日下午】

母亲大人膝下，敬禀者：上午刚寄出一函，午后即得二月二十五日来示，备悉一切。男的意思，以为女仆还是不带，因为南北习惯不同，彼此话也听不懂，不见得有什么用处，而且闲暇的时候，和这里的用人闲谈，一知半解，说不定倒会引出麻烦的事情来的。余已详前函，兹不赘。

专此布复，恭请

金安。

男树叩上　三月一日下午

三月三十一日

母亲大人膝下，敬禀者，廿三的信，早收到了。小包一个，亦于前日收到，当即分出一半，送与老三。其中的干菜，非常好吃，孩子们都很爱吃，因为他们是从来没有吃过这样干菜的。

大人的胃病，近来不知如何，万乞千万小心调养为要。寓中均好，惟男较忙，前给海婴种了四粒痘，都没有灌浆，医生云，可以不管，至十多岁再种了。

专此布达，恭请

金安。

男树叩上　广平海婴同叩　三月三十一日

【四月三十日】

母亲大人膝下敬禀者，四月廿四日来示，已经收到，第二次所寄小包，也早收到了。上海报载廿六日起，北平大风，未知寓中如何，甚以为念。大人胃病初愈，尚无力气，尚希加意静养为要。上海天气亦不甚顺，近来已晴，想可向暖。寓中均安，海婴亦好，可请释念。男身体尚好，但因琐事不少，故不免稍忙，时亦觉得无力耳，但有些文章，为朋友及生计关系，亦不能不做也。

专此布达，恭请

金安。

男树叩上　广平及海婴同叩　四月三十日

【七月十七日】

母亲大人膝下敬禀者，七月六日及十日（紫佩代写）两信，均已收到。北平匪警，阅上海报，知有一弹落京畿道，此地离我家不远，幸未爆炸，否则虽决不至于波及，然必闻其声矣。次日即平，大人亦未受惊，闻之甚慰。

上海刚刚出梅，即连日大热，今日正午，室中竟至九十五度，街上当在百度以上，寓中均安，但大家都生痱子而已，请勿念。

男仍安好，但因颇忙，故亦难得工夫休息，此乃靠笔墨为生者必然之情形，亦无法可想。害马则自从到上海以来，未曾生过病，可谓能干也。

海婴亦健，他每到夏天，大抵壮健的，虽然终日遍身流汗，仍然嬉戏不停。现每日上午，令裸体晒太阳约一点钟，余则任其自由玩耍。近来想买脚踏车，未曾买给；不肯认字，今秋或当令入学校，亦未可知，至九月底即满六岁，在家颇吵闹也。

老三亦好，并希勿念。十日信也已给他看过了。

专此布达，恭请

金安。

男树叩上　广平海婴同叩　七月十七日

【八月三十一日】

母亲大人膝下，敬禀者，八月十日来示，早已收到，写给海婴的信，也收到了。

上海天气已渐凉，夜间可盖夹被，男痱子已愈，而仍颇忙，但身体尚好；害马亦好，均可请释念。

海婴亦好，但变成瘦长了。从二十日起，已将他送进幼稚园去，地址很近，每日关他半天，使家中可以清静一点而已。直到现在，他每天都很愿意去，还未赖学也。

专此布达，恭请

金安。

男树叩上　广平及海婴同叩　八月卅一日

【十月十八日】

母亲大人膝下敬禀者，十月十一日来信，早已收到，藉知大人一切安好，甚慰。上海寓中亦均安好，但因忙于翻译，且亦并无要事，所以不常寄信。

海婴亦好，他只是长起来，却不胖。已上幼稚园，但有时也要赖学，有时却急于要去；爱穿洋服，与男之衣服随便者不同。今天，下门牙活动，要换牙齿了。

上海晴天尚暖，阴天则夹袄已觉不够，市面景象，年不如年，和男初到时大两样了。

专此布复，恭叩

金安。

男树叩　广平及海婴随叩　十月十八日

【十一月十五日】

母亲大人膝下，敬禀者，十一月十一日来信，顷已收到，前回的一封，也早收到了。牙痛近来不知如何？倘常痛，恐怕只好拔去，不过假牙无法可装，却很不便，只能专吃很软的食物了。

海婴很好，每天上幼稚园去，不大赖学了。他比夏天胖了一点，虽然还要算瘦，却很长，刚满六岁，别人都猜他是八九岁，他是细长的手和脚，像他母亲的。今年总在吃鱼肝油，没有间断过。

他什么事情都想模仿我，用我来做比，只有衣服不肯学我的随便，爱漂亮，要穿洋服了。

近来此地颇多谣言，纷纷迁避，其实大抵是无根之谈，所以我们仍旧不动，也极平安，务请勿念。也常有关于北平和天津的谣言，关切的朋友，至于半夜敲门来通报，到第二天一打听，才知道也是误传的。

害马及男都好的，亦请勿念。

专此布复，敬请

金安。

男树叩上　广平及海婴同叩　十一月十五日

【十一月二十六日】

母亲大人膝下，敬禀者，十一月十五日信，已早到，果脯等一大包，也收到了。已将一部份分给三弟。

上海近来已较平静，寓中都好的。海婴仍上幼稚园，但原有十五个同学，现在已只剩了七个了。他已认得一百多个字，就想写信，附上一笺，其中有几个歪歪斜斜的字，就是他写的。

今天晚报上又载着天津不平静，想北平不至于受影响。至于物价飞涨，那是南北一样，上海的物价，比半月前就贵了三成了。

专此布达，恭请

金安。

男树叩上　广平海婴同叩　十一月二十六日

【十二月四日】

母亲大人膝下敬禀者，收到小包后，即复一信，想已到。十六日来示，今已收到矣。

大人牙已拔去，又并不痛，甚好，其实时时要痛，原不如拔去为佳，惟此后食物，务乞多吃柔软之物，以免胃不消化为要。

后园之树，想起来亦无甚可种，因为地土原系炉灰所填，所以不合于种树。白杨易于种植，尚且不能保存，似乎可以不必补种了。

海婴仍然每日往幼稚园，尚听话。新的下门牙两枚，已经出来，昨已往牙医处将旧牙拔去。

上海已颇冷，寓中于昨已生火炉。男及害马均安好，务请勿念。

专此布达，恭请

金安。

男树叩上　广平及海婴同叩　十二月四日

【十二月二十一日】

母亲大人膝下，敬禀者，十七日手谕，已经收到，备悉一切。上海近来尚称平静，不过市面日见萧条，店铺常常倒闭，和先前也大不相同了。寓中一切平安，请勿念。海婴也很好，比夏天胖了一些，现仍每天往幼稚园，已认得一百多字，虽更加懂事，但也刁钻古怪起来了。男的朋友，常常送他玩具，比起我们的孩子时代来，真是阔气得多，但因此他也不大爱惜，常将玩具拆破了。

一礼拜前，给他照了一张相，两三天内可以去取。取来之后，当寄奉。

由前一信，知和森哥也在北京，想必仍住在我家附近，见时请为男道候。他的孩子，想起来已有十多岁了，男拟送他两本童话，当同海婴的照片，一并寄回，收到后请转交。

老三因闸北多谣言，搬了房子，离男寓很远，但每礼拜总大约可以见一次。他近来身体似尚好，不过极忙，而且窘，好像八道湾方面，逼钱颇凶也。

专此布达，恭请

金安。

男树叩上　广平海婴同叩　十二月二十一日

⊙海婴，一九三五年十二月八日照。

⊙大陆新村寓所二楼工作室兼卧室。

【一九三六】

⊙大病初愈后，鲁迅在大陆新村寓所前留影。

大陆新村寓所是三层小楼。二楼是鲁迅的书房兼卧室。在家的大部分时光，鲁迅是在书房里度过的。在人生的最后半年，鲁迅一直在和自己时常发烧的身体做斗争。

【一月八日】

母亲大人膝下，敬禀者，一月四日来信，前日收到了。

孩子的照相，还是去年十二月廿三寄出的，竟还未到，可谓迟慢。不知现在已到否，殊念。

酱鸡及卤瓜等一大箱，今日收到，当分一份出来，明日送与老三去。

海婴是够活泼的了，他在家里每天总要闯一两场祸，阴历年底，幼稚园要放两礼拜假，家里的人都在发愁。但有时是肯听话，也讲道理的，所以近一年来，不但不挨打，也不大挨骂了。他只怕男一个人，但又说，男打起来，声音虽然响，却不痛的。

上海只下过极小的雪，并不比去年冷，寓里却已经生了火炉了。海婴胖了许多，比去年夏天又长了一寸光景。男及害马亦均好，请勿念。

紫佩生日，当由男从上海送礼去，家里可以不必管了。

专此布达，恭请

金安。

男树叩上　广平及海婴同叩　一月八日

一月二十一日

母亲大人膝下，敬禀者，一月十三日信，早收到。海婴已放假，在家里玩，这一两天，还不算大闹。但他考了一个第一，好像小孩子也要摆阔，竟说来说去，附上一笺，上半是他自己写的，也说着这件事，今附上。他大约已认识了二百字，曾对男说，你如果字写不出来了，只要问我就是。

丈量家屋的事，大约不过要一些钱而已，已函托紫佩了。

上海这几天颇冷，大有过年景象，这里也还是阴历十二月底像过年。寓中只买一点食物，大家吃吃。男及害马与海婴均好，请勿念。

善先很会写了，但男所记得的，却还是一个小孩子。他的回信，稍暇再写。

专此布达，恭请

金安。

男树叩上　一月二十一日

二月一日

母亲大人膝下，敬禀者，一月二十七日来信，昨已收到。关于房屋，已函托紫佩了，但至今未有回信，不知何故。昨天寄去十元，算是做他五十岁的寿礼，男出外的时候多，事情都不大清楚了，先前还以为紫佩不过四十上下呢。就是善先，在心目中总只记得他是一个十一二岁的小孩子，像七年前男回家时所见的样子，然而已经十八岁了，这真无怪男的头发要花白了。一切朋友和同学，孩子都已二十岁上下，海婴每一看见，知道他是男的朋友的儿子，便奇怪的问道：他为什么会这样大呢？

今天寄出书三本，是送与善先的，收到后请转交。但不知邮寄书籍，是由邮差送到，还须自己去取，有无不便之处，请便中示知。倘有不便，当另设法。

上海并不甚冷，只下过一回微雪，当夜消化了，现已正月底，大约不会再下。男及害马均好，海婴亦好，整日在家里闯祸，不是嚷吵，就是敲破东西，幸而再一礼拜，幼稚园也要开学了，要不然，真是不得了。

专此布达，恭请

金安。

男树叩上　广平海婴同叩　二月一日

【二月十五日】

母亲大人膝下，敬禀者，有答善先的一封信附上，请便中转交。

上海这几天暖起来了，我们都很好，男仍忙，但身体却好，可请勿念。

海婴已上学，不过近地的幼稚园，因为学生少，似乎未免模模糊糊，不大认真。秋天也许要另换地方的。

紫佩生日，送了十元礼，他写信来客气了一通。

余容后禀，专此，恭请

金安。

男树叩上　广平海婴同叩　二月十五日

三月二十日

母亲大人膝下敬禀者，多日不写信了，想身体康健，为念。

上海天气，仍甚寒冷，须穿棉衣。上月底男因出外受寒，突患气喘，至于不能支持，幸医生已到，急注射一针，始渐平复，后卧床三日，始能起身，现已可称复元，但稍无力，可请勿念。至于气喘之病，一向未有，此是第一次，将来是否不至于复发，现在尚不可知也，大约小心寒暖，则可以无虑耳。

害马伤风了几天，现已愈。海婴则甚好，胖了起来。但幼稚园中教师，则懒惰而不甚会教，远逊去年矣。

和森兄有信来，云回信可付善先，令他转寄，今附上，请便中交给他。

专此布达，恭请

金安。

男树叩上　广平海婴随叩　三月二十日

【四月一日】

母亲大人膝下敬禀者，三月二十六日来示，顷已收到。

男总算已经复元，至于能否不再复发，此刻却难豫料。现已做了丝棉袍一件，且每日喝一种茶，是广东出品，云可医咳，似颇有效，近来咳嗽确是很少了。惟写字作文，仍未能减少，因为以此为活，总不免有许多相关的事情。

海婴学校仍未换，因为邻近也没有较好的学校。但他身体很好，很长，在同学中，要高出一个头。也比先前听话，懂得道理了。先前有男的朋友送他一辆三轮脚踏车，早已骑破，现在正在闹着要买两轮的，大约春假一到，又非报效他十多块钱不可了。

害马亦好，可请勿念。

专此布达，恭请

金安。

男树叩上　广平及海婴同叩　四月一日

【五月七日】

母亲大人膝下，敬禀者，五月二日来示，昨已收到。丈量的事，既经办妥，总算了了一件事。

海婴很好，每日上学，不大赖学了，但新添了一样花头，是礼拜天要看电影；冬天胖了一下，近来又瘦长起来了。大约孩子是春天长起来，长的时候，就要瘦的。

男早已复原，不过仍是忙；害马亦好，可请勿念。上海虽无须火炉，但仍是冷，夜里可穿棉袄，这是今年特别的。

专此布复，恭请

金安。

男树叩上　广平海婴同叩　五月七日

【七月六日】

母亲大人膝下敬禀者，不寄信件，已将两月了，其间曾托老三代陈大略，闻早已达览。男自五月十六日起，突然发热，加以气喘，从此日见沉重，至月底，颇近危险，幸一二日后，即见转机，而发热终不退。到七月初，乃用透物电光照视肺部，始知男盖从少年时即有肺病，至少曾发病两次，又曾生重症肋膜炎一次，现肋膜变厚，至于不通电光，但当时竟并不医治，且不自知其重病而自然全愈者，盖身体底子极好之故也。现今年老，体力已衰，故旧病一发，遂竟缠绵至此。近日病状，几乎退尽，胃口早已复元，脸色亦早恢复，惟每日仍发微热，但不高，则凡生肺病的人，无不如此，医生每日来注射，据云数日后即可不发，而且再过两星期，也可以停止吃药了。所以病已向愈，万请勿念为要。

海婴已以第一名在幼稚园毕业，其实亦不过“山中无好汉猢狲称霸王”而已。

专此布达，恭请

金安。

男树叩上　广平海婴同叩　七月六日

【八月二十五日】

母亲大人膝下敬禀者，来信收到，给老三的孩子的信，亦早已转交。

男病比先前已好得多，但有时总还有微热，一时离不开医生，所以虽想转地疗养一两月，现在也还不能去。到下月初，也许可以走了。

海婴安好，瘦长了，生一点疮。仍在大陆小学，进一年级，已开学。学校办得并不好，贪图近便，关关而已。照相当俟秋凉，成后寄上。

何小姐我看是并不会照相的，不过在练习，照不好的，就是晒出来，也一定不高明。

马理早到上海，老三寓中有外姓同住（上海居民，一家能独赁一宅的不多），不大便当，就在男寓中住了几天，现在搬到她朋友家里去了（姓陶的，也许是先生），不久还要来住几天也说不定。但这事不可给八道湾知道，否则，又有大罪的。

害马上月生胃病，看了一回医生，吃四天药，好了。

专此布达，恭请

金安。

男树叩上　广平海婴同叩　八月廿五日

九月三日

母亲大人膝下，敬禀者，八月三十日信收到。男确是吐了几十口血，但不过是痰中带血，不到一天，就由医生用药止住了。男所生的病，报上虽说是神经衰弱，其实不是，而是肺病，且已经生了二三十年，被八道湾赶出后的一回，和章士钊闹后的一回，躺倒过的，就都是这病，但那时年富力强，不久医好了。男自己也不喜欢多讲，令人担心，所以很少人知道。初到上海后，也发过一回，今年是第四回，大约因为年纪大了之故罢，一直医了三个月，还没有能够停药，因此也未能离开医生，所以今年不能到别处去休养了。

肺病是不会断根的病，全愈是不能的，但四十以上人，却无性命危险，况且一发即医，不要紧的，请放心为要。马理已考过，取否尚未可知。她还是孩子脾气，看得上海很新鲜。但据男看来，她的先生（北平教过的）和朋友都颇滑，恐怕未必能给她帮助，到紧要时，都托故溜开了。

害马胃已医好。海婴亦好，仍上大陆小学。

专此布复，恭请

金安。

男树叩上　广平海婴同叩　九月三夜

九月二十二日

母亲大人膝下，敬禀者，九月八日来信，早已收到。

男近日情形，比先前又好一点，脸上的样子，已经恢复了病前的状态了，但有时还要发低热，所以仍在注射。大约再过一星期，就停下来看一看。海婴仍在原地方读书，夏天头上生了几个小疮，现在好了，前天玻璃割破了手，鲜血淋漓，今天又好了。他同玛利很要好，因为他一向是喜欢客人，爱热闹的，平常也时时口出怨言，说没有兄弟姊妹，只生他一个，冷静得很。见了玛利，他很高兴，但被他粘缠起来的时候，我看实在也讨厌之至。

北京今年这样热，真是意料不到的事。上海还不算大热，现在凉了，而太阳出时，仍可穿单衣。害马甚好，请勿念。

专此布达，恭请

金安。

男树叩上　广平暨海婴同叩　九月二十二日

一九三六年，九月，照于万隆路鸣邨门口。

时年七岁

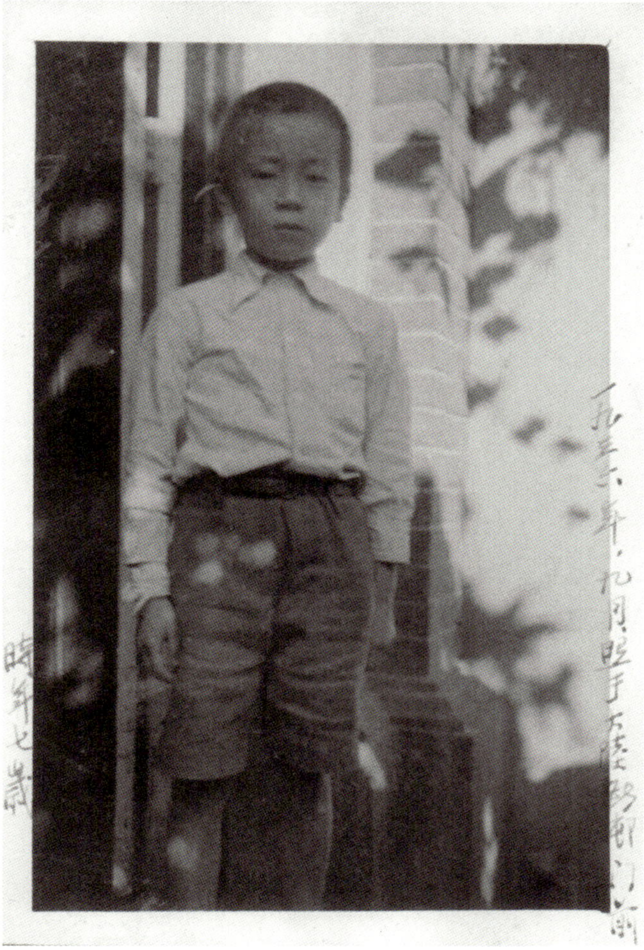

⊙ 海婴割破手后留影。

附录

俞芳（一九一一—二零一二）鲁迅日记里又作俞小姐、俞宅二孩子。浙江绍兴人。俞英崖次女，一九二四年转入培根小学读学时，鲁迅曾为其作保。一九三五年七月毕业于北平师范大学数学系。在北师大肄业期间，曾为鲁迅母亲代笔给鲁迅写信。

附录

- 母亲 / 许广平
- 鲁迅先生的母亲——鲁太夫人 / 俞芳
- 太师母谈鲁迅先生 / 俞芳
- 我代太师母给鲁迅先生写信 / 俞芳

⊙ 鲁瑞与俞家姐妹及许羡苏于1929年春合影。左起:俞藻、俞芳、鲁瑞、许羡苏。

⊙鲁瑞、朱安与友人合影。

母亲

/许广平

有时一个人的脾气真奇怪：看见了别人家慈祥的母亲，心中会陡然发生一种被压迫似的感觉，难受到想找一个地方逃开。毫无感动则较为舒服些。这许是因为自己从小就没有了母亲的缘故罢。

这情形我碰着了多少次，尤其鲁迅先生的母亲，给了我极其深刻的印象。

一位乡下人出身的老太太，我们料想她一定很顽固的罢，其实倒不尽然！她是最能够接受新的环境的。在看不过家里晚辈的小脚，特自先把自己的解放起来，作为提倡。不久她变成半天足了，而那晚辈的还是较她细小。后来看见女人们剪发了，虽然是七十高龄的老者，也毅然剪了下来。在夏季，人们多要穿白色鞋子了，这在顽固的年老人，是会看了不高兴的，记得我小的时候就眼见哥哥们不得允许。而这位老人家，暑天也穿白色鞋子了。头发并不很白，面孔是细致，白皙而圆圆的。戴起蓝眼镜，穿起玉蓝色旗袍，手撑蓝洋伞（她喜欢蓝颜色），脚蹬白色鞋，坐在人力车上，实在足够精神。所以偶然外出，人家总以为她是儿子的同辈呢。

她还有一点好处：就是从不迷信，脑里没有什么神鬼在作怪。一切都自然地生活。又从不唠叨，不多讲闲话。和年轻的最合得来，所以精神活泼而强健。

忽然觉得年轻人拿织针编东西有趣了，她也要学习。待预备好了一切，就从头学起，做得不好就拆掉，重新学过，一次又一次，日夜如此；坐下来也拿着织针，半夜睡醒也拿着织针。终于很复杂的花纹都给织出来了，衣服也能编成功了。七十岁的高龄，就如同十五六岁的小姑娘一样埋头苦学，始终不倦。儿子也佩服了。他说："我的母亲如果年轻二三十年，也许要成为女英雄呢。"

她老人家，现时已经是八十岁了，我们除了民国的二十多年，再上溯五十年，她是生在前清咸丰时代，那时思想极端闭塞，女人整天关在家里，多不识字的。而这位好母亲，她凭了一点毅力，自修到能够书，这多么够强韧。她的生活就从这里出发，使自己勃勃有生气，毫不沾染一些老太婆讨厌的神气，更没有一点冷酷不近人情的态度。

在"三一八"的前夜，因了学校的风波，我们有几个同学跑到平夙敬佩而思想比较革新的先生们之前，恳求主持正义。自然鲁迅先生也是其中的一位。因了同情被压迫者，许多先生起来和黑暗势力战斗了。正面迎来的章士钊，《现代评论》派陈源等背后靠着"三一八"的主凶"段执政"，更有外力做后盾，给新的势力大加压迫、围攻。所以那时的国民党员是做地下生活，一被发见，就有被捕之虞的。而同情的人，也一样的遭受敌视。这一派的势力深入到一部分的学校当局，所以反对学校，反对政府，就是"大逆不道"，随便可以枪杀。而被目为"学匪"的母亲，我们想：她一定痛恨那"毛丫头"多生事端，或者会拿起"母权"出来，干涉儿子们的行动。

她不是这样的母亲。

她把旧式的日夜消遣的小说丢开，每天开始学习看报纸（直到现在,没有一天间断。遇着生病了，也要找人给她读报）。大清早起来，抢先把儿子——鲁迅先生——要看的报拿过来，得以详尽地从报纸各节过细研究、讨论。遇到不平之处，大有慷慨激昂，愿意骂倒一切之状。反而惹得儿子好笑起来了，说：“娘何必这样的气呢?”

老人家这时变成了二十多岁的青年似的焦急，等不到第二天的报纸，自己买起晚报来看了，必要时竟买好几份。看报之后，除了和有知识的人们打听国家大事，对不识字的，她也一点点慢慢地解释给她们听。可惜这一着大大地失败了。讲了半天,那些中年人漠视她的苦口婆心，敷衍了事。这是年龄和思想并不一定是成为正比例的。而她的日常生活，因此也相当的烦闷。

看报之后，和现实社会接触了，晓得小我和大我的关系。对于儿子的举动，就尤其了解。为了“野狗们”的凶横、疯狂，犯着作无益的牺牲，终于在她那一次病中儿子被电召到京(那次鲁迅先生经不起朋友们邀请，曾演讲了几次,立刻就有人造谣，说他负有某种使命北上，致引起当局注意。)之后，没能够再北上。她绝不叫他再归省一次，她一点自私的心思都没有，虽则衷心是希望时常见到她的爱子的。她了解儿子肩头的重任是一刻也休息不下来的，转而设法自己南下了。我们自然万分的欢迎，然而终于没有能够实现。这失掉的机会，恐怕会使她现在想起来都增加不少的难受。

我们晓得有些老太婆是颇吝啬的，她却不然。她把自己不多的零用钱，时常拿给急需的人，别的什物也并不怎么珍视。有一回，忽然赠给邻居木匠的小孩一个带响声的“集团”风车。——北京新年,市上常有的，一条直杆，两旁横搁着十多个并排的带小鼓的风车，所以我就给它起一个“集团风车”

的名字。——那家人想了一种表示谢意的方法，特地高竖在墙头上，与众共赏。不料整天风车转动，推动十几个小鼓，蓬蓬乱敲，使得好静的儿子莫名其妙，这时做娘的也大窘了。

这种脾气，儿子也一样秉承下来。他欢喜分书给人，就是不认识的，有时信来了，他总千方百计给寄出去，在可能范围之内。而那第三代的小海婴，也遗传得一些，他时常把新得来的自己爱好的玩具奉送小朋友。保姆生怕受责骂，有时先解释说小孩子不懂事，东西都送给人了。这时做父亲的总带笑说："不要紧的，我记得我父亲早先一句话，'要分给别人才好呢，我们要是专待人家分给倒不好了。'"这恐怕就是这一家人的人生哲学罢。

这回最疼爱的儿子死掉了，人家通知她，当时很镇静，不怎么哭，但之后不会走路了，寸步都需要扶持。她后来对人说："我听到了这消息，我倒不哭，不过两腿发抖得厉害，所以简直不能独自举步了。"这慈祥的母亲和儿子一样强硬，但精神却被打击得太惨了。

她于是广求关于儿子死后的一切记载，尽其力之所能及，满满的堆了半床。甚至《作家》《中流》都搜到披览。她对人家说："有些人想遮瞒我，哪里瞒得我，我会看书的。"是的，这就是知识者的她的不同之处了。

看到各方面人士对于儿子的悼念，真诚的爱戴，老怀宽放了。她自慰自解地说："还好，这样子，儿子死得也不太冤枉。"

儿子是不赞成死后的一切纪念的，而这一着就给与亲爱的慈母一种莫大的安慰，这恐怕做儿子的也没有计及到的。

鲁迅先生说过："女人有时候有母性，有时候有女儿性，没有妻性。妻性是不自然的。"看见了这位老母亲，或者会相信上面几句话所含的深远的意义罢。

鲁迅先生的母亲

——鲁太夫人

/俞芳

鲁太夫人鲁瑞是鲁迅先生的母亲，绍兴安桥头人，是清朝咸丰辛亥科举人户部主事鲁晴轩公的第三个女儿。我和她老人家离别虽然已经四十三年了，但老人的音容笑貌，至今仍常常在我眼前闪现。我自幼受到她老人家的关怀和教育，她老人家给我留下了极为深刻的印象。

一

我一直跟着大姐姐们称呼鲁太夫人为太师母。记得第一次见到太师母是在一九二二年初夏的一个星期天，那时我才十一岁。太师母第一次到我们家(北京砖塔胡同六十一号)来做客。这之前，常听我大姐和她在绍兴读书时的老同学许羡苏姐姐谈到太师母，知道太师母从绍兴搬到北京，话听不懂，生活不习惯，每遇到绍兴人，听到乡音，她就非常高兴。特别是许羡苏姐姐和大姐，在绍兴读书时是三先生(周建人)的学生，所以太师母待她们格外亲热，平时常托她们代买些东西，戏称她们是她老人家的“活脚船”。她们每一两星期往八道湾去看望太师母一次，经常是完成了“任务”，又带回来新的“任务”。

太师母第一次来我们家做客，是贵客临门，记得当时我又激动、又兴奋。那天一清早起来，就主动地帮着大姐姐们做准备工作。十点钟左右，太师母到了。她是一位六十多岁的老人，头上梳着发髻。瘦高身材，腰不弯、背不驼，虽是放大脚，走起路来却很利落。目光慈祥有神。上身穿着藏青色上衣，下系黑色绸裙。给人以整洁、健朗的印象。那天大姐很忙，又做点心、又烧菜。许羡苏姐姐负责招待，连忙迎接，让座。我和三妹有些怕陌生，很拘束，站在一边，有点手足无措的样子。谁知太师母一看到我们，和蔼又怜惜地问，她们就是老二、老三吧？于是拉我们到她老人家身边，就和我们谈开了，问我们几岁了，在什么学校读书，想不想爸爸(她老人家已经知道我们是没有母亲的孩子)，等等。我们一一做了回答。

她老人家给我的另一个印象是：喜欢孩子，同情孩子，是一位慈祥可亲的老人。特别是在吃饭的时候，太师母非常照顾我和三妹，经常提醒大姐姐们给我们夹菜。这一天，我们过得很愉快。这之后，太师母还来过两次，每次都受到我和三妹发自内心的欢迎。当然，也受到大姐姐们的热情款待。

进一步和太师母接近，是一九二三年八月二日至一九二四年五月二十五日这一段时期。当时，大先生一家从八道湾搬到砖塔胡同六十一号暂住，和我们住在同一个院子里。这期间，太师母以住在八道湾为主，有时来砖塔胡同住。每当太师母到砖塔胡同时，我们真开心呵！她老人家很理解孩子们的心情，当她知道我们没有什么玩具时，就送给我们皮球、毽子、气球等，另外，还把香烟盒里的图片等都收集起来，分给我们。这些都是我们当时最喜欢得到的玩具。她老人家还常讲故事给我们听，有时也讲讲绍兴的风俗习惯。特别是吃过晚饭，大先生到太师母屋里谈天，我们也挤进太师母屋里，听他们谈时事、讲故事、说笑话……那热烈、欢乐的气氛至今还萦绕心头。

一九二四年五月二十五日，鲁迅先生家搬到西三条新屋。星期日我们常去那里做客，看望太师母、大先生、大师母。

一九二八年，我的大姐离开北京，我和三妹住校了。我们就把大先生的家当成自己的家，每个星期天都到西三条去，太师母每次总留我们吃中饭。

一九三〇年，许羡苏姐姐离开北京往河北大名府教书。于是，过去许羡苏姐姐帮助太师母办的事，有部分就由我来担当了。从一九三〇年三月上旬开始，我还代大师母给大先生写信（详情参见《我代太师母给鲁迅先生写信》），代太师母给她老人家的亲戚（如她老人家的外甥阮和森先生等人）写信。写信时，经常受到她老人家鼓励和教育。

这期间（一九三〇至一九三五年夏），如果学校里没有事，我总是星期六晚上去西三条，星期天晚上回校。开始安排我住在“老虎尾巴”，睡在鲁迅先生曾经睡过的床上。后来太师母住的那间屋子的北面接长了，她老人家就叫我睡在她的接长的后屋新搭的床上，便于谈话。那时我已经长大了，太师母是看着我长大的，对我无话不谈。

一九三五年暑假，我在北师大毕业了，由学校介绍到杭州市立中学工作。和太师母离别，真难舍难分呵，可是为了“饭碗”，又有什么办法呢！本来我打算以后积些钱，暑假时再去北京看望她老人家，可是工作后，我要负担部分家用，路费积不起来，终于没有如愿。起先，我还给太师母写信；大先生逝世后，我也曾写信安慰她老人家要节哀保重；太师母八十高龄寿辰，我写信祝贺，奉寄贺礼。后来抗战了，兵荒马乱，竟连音讯都隔断了，分别后，再也没能见到敬爱的太师母，至今引以为憾。十三年的相处，太师母对我们的关心、爱抚是无微不至的，对我们的教育也是多方面的。追忆往事，更使我缅怀太师母。

二

太师母是位很不平凡的人，她没有正式读过书，可是靠自修达到能够看书的程度。她老人家告诉我们，在她幼小的时候，她哥哥(也许是弟弟，记不清了）读书，老师给他上课时，她站在旁边听课将近一年。以后，由于封建陋规的影响，家里不准她听课了。她自己找些书看，遇到不认识的字，就问别人。记得在北京时，太师母也问过我们；可是，她老人家不认识的字，往往我们也不认识，我们就查字典告诉她。她老人家很高兴地说："这样你们也多认识了一个字。"我们可不敢在她老人家面前不懂装懂，不负责任地乱告诉她。因为从平时的谈话中知道，她最不喜欢不懂装懂的人。她说，字不认识不要紧，教给别人错字是害人！由于她好学，又有毅力，不但能看章回小说，还能看报。

在北京时，太师母每天看好几份报，很关心时事。她老人家看了报，还要提出问题和大家讨论。记得那是一九二五年前后的事，当时张作霖、冯玉祥、吴佩孚等军阀混战，太师母常叫大先生讲他们之间的关系。太师母也发表自己的看法：张作霖怎样，冯玉祥怎样，吴佩孚怎样，是非公允，爱憎分明。有个时期，张作霖的飞机经常在北京市上空盘旋，有时竟投掷炸弹，北京八个大学的学生，为抗议军阀暴行，一度停课。记得有一次太师母和大先生还有许羡苏姐姐，曾就此事做过议论。在太师母房里，讨论这类时事问题，是经常的。

太师母的记忆力很强，平时看过的书很多，《三国志》《三国演义》《红楼梦》《水浒传》《官场现形记》《西游记》《镜花缘》等书，她不知看过多少遍。每当手边没有合适的书可看时，她就把这些书中的一部拿出来再看一遍，用她老人家自己的话说，叫作"炒冷饭头"。她老人家也爱看

《广陵潮》《啼笑因缘》《金粉世家》等小说。

太师母看的小说，多半是大先生根据太师母的爱好给买来的。一九二七年以后，大先生在上海时，也经常给她老人家邮寄小说。一九三〇年至一九三四年间，她老人家曾叫我陪着到书店去买书。记忆中去过三次。

太师母对书籍很爱护，看完了，一部部整整齐齐地放在她的书箱里。记得她当时有四个小木箱装书，每到夏天，太师母就叫我给她晒书、整理书。

太师母看了小说，常常讲给我们听，她讲起来有声有色，有说有笑。所以到她老人家那里做客，气氛十分活跃，心情总是非常愉快的。

我们看了《阿Q正传》，好奇地问太师母，真有阿Q这样一个人吗？她老人家笑笑说，在绍兴家乡是有一个人叫阿桂的，但《阿Q正传》里写的事，不都是他的，有些是别人的事，那是选了许多人的事集中起来的故事。

太师母的好学精神，还表现在她七十多岁学习编结毛线。过去，太师母会绣花，会做针线，但不会编结毛线。后来她老人家看见许羡苏姐姐等编结毛线，发生兴趣了，也不顾七十多岁的高龄，下决心学习编结毛线。许羡苏姐姐和我先后都教过她。开始结不好，就拆了重来，一次又一次，不久，就学会了。她老人家自己编结了一条大围巾，后来又结了一件穿在外面的背心。太师母很不服老，是位非常有毅力的老人。

记得有一次我在结毛衣，边结边说，我结毛线很慢。她老人家和气地对我说，我们绍兴有句老话:“做活不怕慢，就怕掼。”(绍兴方言，“掼”，是掼开，放在一边的意思。)这是太师母婉转地教育我做事要坚持到底，不可半途而废。这不正是大先生的韧性精神么!

太师母很能接受新事物，新思想。就拿她老人家剪头发一事来说吧。在一九二六年前，北京的妇女都是梳发髻的，女孩梳小辫子。剪发的女学生有是有的，但为数极少。当时有些女学校，甚至不收剪发的女学生。北伐后，女学生大多数剪去小辫子，中年妇女也有些人剪了发，但五十以上的老太太，绝大多数还是梳发髻。太师母看到别人剪了头发，梳头发方便，常常问我们剪发的好处，我们说出很多优点。她老人家动心了，因为梳发髻躺着看书看报，很不舒服。经过观察和考虑，她终于剪了发。剪发之后，她老人家准备了一副理发工具，头发长了，开始是由许羡姐姐替她理发。许羡苏姐姐离开北京后，我替她老人家理发。记得她老人家后面的头发生得很低。大先生后面的头发也很低，大约是像太师母的。

太师母待人很热情，特别对待青少年更是爱护备至。我和三妹在西三条太师母那里度过星期日的那些日子里，享受了多少的家庭温暖呵！她老人家时常炒发芽豆（把老罗汉豆浸在水里，使之发芽，再晒干炒熟）给我们吃。发芽豆晒在自己的房里，她老人家每天亲自随着阳光，移动晒具，直到晒干为止，这要付出许多精力。炒熟后，吃起来又香又甜。她老人家自己，早已装了假牙，不能吃硬食。这些发芽豆是专为我们准备的。

太师母胃口不大好，食量很小。但却很希望我们能够吃得多些，有时吃完饭，她老人家笑眯眯地问我："老二，你今天吃了几碗？"我说："三碗！"（到她家里，我总是放开肚子吃的。）老人家高兴地说："好！好！"又说："我自己老了，吃不多，可很喜欢看你们年轻人吃饭，吃得多有滋味呵！"

有一次，我在校内不慎被偷去了三元钱，当然这对我来说，是很大的损失。我非常心痛，可也没有什么办法，只好自认晦气。星期天，我向大师母讲了。太师母非常同情，一再说，以后自己的东西要放好，不可大意。我深切地感受到老人家对我的关怀。可我实在没有想到，当我要回校时，她老人家竟从她自己的零用钱里拿出三元钱给我。她说:“三元钱，在你是一笔很大的数目，而我是可以省下来的，所以那三元钱就算我丢掉了，这三元钱你拿去用吧！”我知道她老人家的脾气:她给人东西，总是诚心诚意的，如果不收，她反而不高兴。我感激地收下了这意外的三元钱，可心情怎么也平静不下来。

太师母看书报，常常是靠在床上看的，背后有一个二尺见方的靠背枕头。枕套是花布做的，已经旧了，我和三妹合绣了个枕套送给太师母。枕套用彩色线在白布上绣了四个孩子，但我们的针线活不高明，绣工粗拙，花样也不新鲜，所以这个枕套是不太好看的。可是太师母却不嫌弃，欣然接受了，并且马上使用。记得我一九三五年离开北京时，她老人家还在用着这个枕套。

太师母格外受到我们的尊敬，是她那不同于一般妇女的倔强的性格、坚毅的意志。她老人家曾对我们说过:

那是太先生(伯宜公)还在世时的事，有一次太先生的弟弟(不是同母的，年龄与鲁迅先生不相上下)，不知为什么和鲁迅先生几兄弟发生了纠纷，吵架了。介孚公(大先生的爷爷)偏袒小儿子，处事不公平，要打孙子，太师母看不过去，站出来说:孩子们吵架，应由孩子的父亲自己管教。一个世纪前的封建家庭妇女，能勇敢地与长辈理论，多么不简单呵!

清朝末年兴起天足运动，反对幼儿裹脚，主张把裹小的脚放大。太师母积极响应，很早就放了脚。等大先生从日本写信来劝母亲放脚，她老人家已经扔掉裹脚布，自己解放自己了。当时房族中有一老一小，思想顽固，老的诬蔑放脚的女人是扫帚星，要败家的，太师母坚决不理他。小的就到处造谣，说她放大脚要去嫁给外国鬼子了。太师母听到这种诬蔑，自然很生气，但她毫不示弱，冷冷地说：“可不是吗，那倒真是很难说的呀！”说来也怪，谣言倒是不攻自破了。

大先生不止一次地说过。太师母遇到不平的事情，是要斗斗（斗争的意思）的。

在北京太师母的生活费原议定是由大先生和周作人共同担负的。大先生总是如期奉上，而周作人常过期不送。太师母对此很不满意，有时就亲自坐车到八道湾去讨账。有一次被大先生知道了，劝老人家不要去了，免得淘气。并说，要钱我这里有。太师母说，并不是等钱用，而是气他们的这种行为。接着说：只当我少生了他这个儿子。

一九二五年，北京学生掀起抵制日货运动。太师母态度明朗，她把自己日常用的日本伞、面盆等等都砸碎了。这些场合，她老人家从不考虑周作人的老婆（信子——日本人）的情绪的，更不管这些东西是她买回来的。

在北京女师大学潮和“三一八”惨案中，太师母态度鲜明，始终是和大先生一致的。她老人家明明知道和反动派斗争有生命危险，很担忧，但无限信任大先生，认为他是正义的，所以总是积极支持。太师母当时已是七十岁高龄的人了。对大先生从不阻拦或埋怨。太师母也常谈自己的身世。她三十九岁时，太先生就去世了。太先生在世时，房族和街坊邻里间的关系还是过得去的，太先生去世后，只剩下孤儿寡母，这在旧社会是要受人欺的。加之那时家境困顿，她独自带着四个孩子，不但要筹划一家人的生计，有时还要挤出一点余款，接济境况更坏的亲友，当时太师母遭到怎样的困境，是可想而知的了，而太师母却经得住种种艰难、辛酸的考验。

太师母很有主见，很有远见，她老人家不管境况怎样困难，总是鼓励大先生兄弟前进。大先生到南京江南水师学堂读书，当时许多人认为这不是正路，学洋务，是“将灵魂卖给鬼子，要加倍的奚落而且排斥”（《呐喊·自序》），而太师母不顾流言蜚语，坚决地顶住来自各方面的责难，想方设法张罗了八元路费，打点简单行装，送大先生上路。大先生临行时，她老人家因为儿子第一次出远门，前途又很渺茫，所以心里很难过，但仍鼓励大先生说：我们绍兴有句古话，叫作穷出山，你要争气。（意思是：穷人的孩子读书是会有出息的，富人的孩子读书倒不一定怎样。）她老人家对儿子抱着多大的期望，而又怀着一颗怎样刚强的母亲的心呵！当大先生放假回家时，她老人家发现他的黑棉袄破了，为了不使棉絮露出来，他在破处糊了一张纸，用墨把纸涂黑。又知道南京冬天很冷，大先生为御寒而学会吃辣椒，老人家该是多么心疼而又心酸呵！可是当鲁迅先生假期满了，回南京时，她老人家仍是愉快地送他上路。

太师母这一生，不说生活，就是感情上、精神上经过多少磨难呵，许多亲人都先她老人家去世。当她的唯一女儿——端姑——一周岁多病死后，太师母说她有好几个月都是和衣而睡，总是忘不了这个一直贴在怀里的可爱的小女儿。伯宜公卧病三年，终于吐血而死。沉重的家庭担子，顿时落在太师母肩上。接下去是幼子椿寿病逝，太师母久久不能忘怀，找人画了一张像，一直随身带着。在西三条时，画像就挂在吃饭间饭桌前的墙上。

一九三六年，我不在北京。听三妹说，大先生逝世，对于太师母，真是晴天霹雳，噩耗传来，她老人家伤心到了极点。大先生一九二六年离开北京，一九二九年、一九三二年两次回北京看望太师母，都留给她老人家以健康的印象，太师母万万没有想到一九三二年十一月和大先生一别，竟成母子永诀！可是太师母虽在极度悲伤的处境中，仍能注意克制自己的感情，尽量不在别人面前哭泣，只是在大先生逝世的第七天那一天，她老人家实在忍不住了，大哭了一场。她老人家说：一个女人，最伤心的是死了丈夫或孩子。接着说：端姑死得早，太先生卧病三年，他的逝世总有些想得到的。老四(椿寿)死了几十年，至今我还常常想到他，老大是我最心爱的儿子，他竟死在我的前头，怎么能不伤心呢？又说：论年龄，他今年已经五十六岁了，也不算短寿了。只怪自己寿限太长！如果我早死几年，死在他的前头，现在就什么事情都不知道了。

老年丧子，心情的沉痛是可想而知的。但她老人家很坚强，能正视现实，顽强地战胜一个个无情的、灾难性的精神打击。太师母确是一位很不平凡的老人。

我常常这样想，鲁迅先生一生的卓越成就，固然与他严于解剖自己和艰苦奋斗有关，但是他的母亲对他的影响，也是一个不可忽视的因素。

太师母谈鲁迅先生

/俞芳

我从十一岁见到太师母起，这位老人就给我留下了深刻的印象。后来，大先生一家搬到砖塔胡同六十一号，和我们住在同一个院子里，我们和太师母接近的机会就多起来了。待到西三条新屋建成，大先生一家搬到西三条以后，我们仍然常到他们家里去玩。一九二六年八月大先生离开北京到厦门、广州、上海等地工作，我们去看望太师母的次数更多了。我总感到这位老人有极大的吸引力，在她老人家身边，我感到幸福、愉快。

太师母是位慈祥、可亲可敬的老人，她老人家记忆力很强，谈锋极健。老人常常给我们讲大先生的故事，言谈中流露出对大先生的无限喜爱。

记得大先生离开北京后，太师母非常想念他，老人把大先生的照片放在枕边，特别是后来，每次接到大先生从上海寄来广平师母和海婴的照片，太师母都视若珍宝，一并放在床头，空下来就把照片一张张地看过来，寄托思念之情。有一次，她老人家看着照片，忽然对我说，你看，你们的大先生的一双眼睛多么有神，从他的眼光中，可以看出他很有主见，非常刚正；他从小就不欺侮弱小，不畏强暴；他写文章与人争论，话不饶人，但对朋友心地却是很厚道、极善良的。由此可见，太师母对大先生了解之深，喜爱之切。

我有机会聆听太师母讲述鲁迅先生的故事，真是万分荣幸！现在将太师母讲的部分故事，记在下面。有些情节，不免带有迷信色彩，因为有的是九十多年前的事了，不好拿今天的眼光去看，我也写上了。

襁褓中两次“出家”

太师母说：你们的大先生是阴历八月初三出生的，他和“灶司菩萨”同生日，而且他出生的那年是闰年，他出生时的衣包是“蓑衣包”(这是绍兴话，大约是指婴儿的胎包质地薄，像蓑衣的样子的意思)。当时许多老人说：闰年出生的人，又是“蓑衣包”，而且又和菩萨同生日的孩子，是很少的。这样的孩子，将来一定有出息；不过，就怕难以养大。于是，我们全家就忙起来了，先是给他向菩萨去“记名”。什么叫“记名”呢？“记名”就是报名的意思。向菩萨报过名，就是说他已是“出家人”了，不再是人家的娇儿，免得神鬼嫉妒，要想法子抢夺去。这样做了我们还不放心，又把他抱到寺里拜和尚为师，表示他已经“出家”做了小和尚；这样做的目的，和向菩萨记名是一样的。总之，他一生下来，我们全家人，上自爷爷，下至太先生和我，都想方设法，使他能够顺利长大成人，因为他是周家我们这一房的长子、长孙。

“胡羊尾巴”的由来

太师母说，你们的大先生，从小就很聪明伶俐，常受到长辈们的称赞。记得有一年正月里太先生陪着几位本家长辈玩牌。周家规矩，平时是不许打牌的，但每逢过年，正月里，大人们像爷爷、太先生等长辈们是可以到大厅去打麻将牌、纸牌或掷骰子等玩玩的。那时你们的大先生还小，叫名才五岁吧，当然他不可以去玩牌的，但外面很热闹，他就走到大厅里去了。他在牌桌间转来转去，大概是想弄点东西吃吃。玩着玩着，他走到太先生身边看他爸爸玩牌了。当时有一位长辈看他可爱，逗趣地问他，你欢喜哪一个人打赢？他出人意外地回答：“我喜欢大家都赢！”一句话引得大家都笑起来了，连连称赞他聪明。从此，你们的大先生得了“胡羊尾巴”的外号。“胡羊尾巴”是绍兴话，是对孩子聪明、伶俐、活泼等等喜爱和称赞的意思。

择师要领：不打孩子

太师母讲起大先生时，也回忆到太先生，有一次，老人家欣慰地说：太先生和我两人，一向反对打骂孩子。太先生比我严厉，孩子们既怕他，又尊敬他；孩子们对我除尊敬外，更亲近些。太先生和我对待孩子们的过错是讲道理，道理懂了，过错就会改正的。在给孩子们挑选老师时，我们规定了两条：第一，学问好，为人正直；第二，不打孩子。因为打骂中长大的孩子，好的不多。“三味书屋”的寿镜吾老先生正是这样的老师。

听了太师母的这段话，我想，太先生和太师母的教育观点，对大先生幼年时期性格的形成，是不无影响的。

爱整齐像太先生

太师母说：你们的大先生从小就很爱护书籍和文具用品，总是把它们收拾得整整齐齐，就是包一个纸包也是方方正正的。他的这些习惯，很像太先生。太先生身体一直不大好，但他酷爱整齐。记得在有一次，我为了挂手巾，在房里挂一条绳子，没想到两个钉子，钉得有些高低，因此绳子有些歪斜，太先生看到了，觉得很不顺眼，几次进屋来看看又量量，最后终于亲自动手，把钉子重新钉过，绳子拉正了，他才称心。

小小年纪挑起重担

太师母说：你们的大先生从小就很懂事，办事能干。大约是你们大先生十三岁那年吧，家里连连出事，先是爷爷介孚公因科场案下狱，接着太先生卧病三年，医治无效，吐狂血逝世。从此沉重的家庭担子，就落在他的肩上。在那艰难的岁月里，他最能体谅我的难处；特别是进当铺典当东西，要遭受到多少势利人的白眼，甚至奚落；可他为了减少我的忧愁和痛苦，从来不在我面前吐露他难堪的遭遇。而且，对于这些有损自尊心的苦差事，他从没有推托过，每次都是默默地把事情办好，将典当来的钱如数交给我，不吐半句怨言。

太师母接下去说，记得太先生逝世不久，有一次，本家长辈们为重新分配房屋，集会商议。他们欺负我们这一房孤儿寡母，爷爷又被押在狱中，分给我们的房屋既差又小。你们的大先生对这种不公平的分法，非常不满，当场提出这件事情自己不能做主，要请示爷爷，坚决不肯签字。当时他还是一个未成年的孩子，足见他多么机智而又有决断。当然，这类事带给他内心的创伤是深重的，使他从小就看清了本家长辈们的真面目。我心里是明白的。

同巧木工的友情

太师母说：你们的大先生，一向和劳苦人很亲近，他没有“读书人”的架子。在绍兴时，他除一些农民朋友外，还有一位木工朋友，名叫“和尚”，大家都称呼他为“和尚师傅”。这位木工师傅，年纪比你们的大先生大十来岁，是看着你们的大先生长大的；很喜欢他，曾做一把木头“关刀”送给他玩。当时他还小，还是穿和尚衣领的大红棉袄的时候(绍兴习俗：孩子生下来，外婆家要送和尚衣领的大红棉袄给孩子，这种衣服很长大，一般可以穿到四、五岁)。你们的大先生很喜欢这把“关刀”，拿着它到处“示威”。他天真可爱的举动，常引得大人们发笑。后来他长大了，到南京、日本等地去读书，但一直没有忘记这位木工师傅，每次从外地回家，总要去看望木工师傅。直到后来决定全家迁居北京，他回绍兴来接我们时，还去看望木工师傅，并和木工师傅商量如何装箱运书。他深怕心爱的书籍在长途运输中损坏，木工师傅为他出主意，并替他做书箱，建议他用运输绍兴酒坛的办法运书。这办法就是用竹络把书箱络起来，这样，书箱不会松散，书籍不致受损。他照办了。果然，运到北京的书箱，里面的书籍都完好无损。你们的大先生非常佩服这位木工师傅的办法，常常夸奖他聪明、能干又热心，称赞他是一位很有才能的巧木匠。

接信感谢“送信人”

太师母还说：你们的大先生住在这里(指西三条)时，每当傍晚，送挂号信的邮递员叫门，大半是他自己去接信的，接到信后，他总要和邮递员讲讲话。有一次，我问他，你们在外边讲些什么呀？他说，邮递员送信很辛苦(那时邮递员送信都是步行的)，信送到了，我请他吸支烟，喝杯水，在门洞里坐坐，歇歇力，表示对他的感谢。太师母接下去说：你们的大先生一向是很体谅别人的辛劳的。

力尽长兄之责

太师母常说：你们的大先生很重情谊，特别是对待自己的兄弟，真是爱护备至，他从小就担负起长孙、长子、长兄的责任，对长辈尊敬，对兄弟友爱，在他离开绍兴去南京的途中，他还惦记着老亲、弱弟，写书寄怀。他初到北京，每从报上或同乡人处听到绍兴发生事故的消息，就连连写快信来问我们的安危。他对老二(周作人)、老三(周建人)极其关怀。他们三兄弟很早就决定长大以后永不分家。决定老大、老二将来工作得来的薪金，大家合用，不分彼此。加之，当时你们的三先生年幼多病，老大、老二就商定让老三留在绍兴工作，既可以陪伴我，又可以照料家务。

你们的大先生说到做到，在他身上，真是没有半点私心；一切棘手的事，他总是上前，虽然，他比老二只大四岁。比如卖去绍兴的房子，买进北京八道湾的房子，到绍兴接我们一家人到北京等等烦琐的事，都由他一人承担。他早年写的文章，有的就以老二的名字发表，他总是把享受、荣誉让给兄弟，吃力的事由自己背起来。

太师母又说：再比如拟定修建八道湾房屋的规划，他首先考虑的是孩子们的游戏场地，那时你们的大先生自己并没有孩子，你们看他的心思多好！又如分配房间，他把最好的留给我和老二、老三们住，自己去住较差的。他的薪金，除留少数零用外，全部交出，作为家用。家用不够了，他四出奔走，向朋友们借贷。他总是处处替别人着想，成全别人，委屈自己。至于后来和老二一家分开，我说句实在话，分开倒是对你们大先生有利。

每当太师母谈到大先生的故事时，她老人家总是深深地沉浸在一种自豪、欣慰和怜惜的母爱的激情之中。

看“毛儿戏”

在砖塔胡同时，太师母多次表示想看“毛儿戏”。什么是“毛儿戏”呢？据说这种戏，全是由女演员来演出的，我那时年纪小，也不懂得，回想起来，大约就是现在的越剧的前身吧。我和三妹没有看过戏，但这“毛儿戏”，经太师母一宣传，对我们的吸引力可大了，都希望能早点看到“毛儿戏”。

那是一个星期天，太师母叫大姐到戏院里定了一个包厢，她老人家邀大师母、许羡苏姐姐、大姐陪着，还带了我和三妹，一起去看戏。记得那天演的是《红楼梦》，太师母看得津津有味，大姐姐们也很有兴趣。我和三妹因为事前没看过《红楼梦》这部小说，只是平时在她们谈论中，东鳞西爪听她们讲过一点，故事并不太清楚；再说，唱戏和说话不同，所以，开始时有点莫名其妙。太师母看到我和三妹听不懂，就叫我们坐到她老人家身旁，一边看，一边讲给我们听。有了太师母讲解，我们看懂了，越看越感到有味。

那天看完了戏，太师母就住在砖塔胡同。许羡苏姐姐陪太师母回来，也住在我们屋里。晚饭后，许姐姐和我们三姐妹，到太师母屋里去玩，大先生也在。大家就谈论起当天看的戏来。太师母认为这个“毛儿戏”班演得好。可惜只演了两节：“黛玉葬花”和“黛玉焚稿”。我问太师母还有很多吗？太师母说，原书很长，哪里只有这一点！我异想天开地问，这本书我能看吗？不料，我这句问话，引得大姐姐们都笑了。大姐说我不知天高地厚。许姐姐却鼓励我：“试试看”。大先生则认为：《红楼梦》写的主要是大人的事，文字比较深。年纪小，初小程度的孩子，估计看不懂，没有兴趣，容易造成看书“半途而废”等坏习惯。他建议：还是等太师母有空时，请她老人家讲几段比较好。太师母点头表示同意。大先生的意见，小学生要看大部头小说，以先看《西游记》《三国演义》这类书为妥，这些书写得生动有趣，文字也浅近，容易看懂。大先生主张，我们当时要看小说，还是看《桃色的云》等儿童读物比较合适。我说《桃色的云》我正在看，就是有些名字不懂，接下去就问大先生“土拨鼠”“蜥蜴”是什么？大先生耐心地给我作了解答，并说这是翻译的书，总不免讲些外国的风物、习俗。接着大先生慨叹中国儿童读物实在太少了，显出十分遗憾的神情。

游北海

记得是一九三〇年以后的事，那时太师母已是七十多岁的高龄了，她老人家几次谈起，想到北海漪澜堂去玩；要我们陪她一起去。一个秋天的上午，在事前约好的时间，我和三妹在北海门口等着。等了好久，才看到太师母和大师母来了。我搀着太师母，三妹搀着大师母，我们一行四人，一面谈话，一面观赏着北海的秋色。不知不觉，就走到漪澜堂了。找到一张靠栏杆的桌子，请太师母、大师母坐下先喝茶，然后买点心，叫面。太师母吃东西的顺序，叫的点心，点的面，都和大先生在北京时请她老人家到漪澜堂时一样，谈话时也屡屡谈到大先生在北京时的情景。又谈到大先生、广平师母和海婴，说：这几天大先生的信该来了。我明白太师母很想念大先生。在这种场合下，我不忍把老人家思念大先生的情绪引开，就尽量顺着太师母的心意办事。

吃过中饭，看到太师母有些疲倦的样子，我问：太师母和大师母，想不想回家？因为太师母有午睡习惯。太师母说，既然出来了，就多玩一会儿；今天不午睡了，晚上早一点睡就是了，不要紧的。大师母当然同意太师母的意见。

后来我们的话题就转到了大姐身上。大姐在一九二八年暑假离开北京，在杭州一带当小学教师。从太师母的话里知道，在砖塔胡同时，大姐常常叫我们“小鬼头”，大先生听不惯，认为做姐姐的不应该这样称呼自己的妹妹。有一次，大姐吃过饭一个人到北屋去。大先生幽默地故意用同样的称呼问道：“两个‘小鬼头’睡了吗？”大姐说：“要大考了，她们在屋里复习功课呢。”她根本没有听出大先生话中的含义。太师母的话，引得我们大家都笑了。太师母还告诉我们一件事：那时大姐常向大先生诉说，自己的父亲如何如何不好，娶了后母，不按时寄钱来。她希望大先生帮助她想办法，向父亲施加点压力。大先生想了想说，依我看，你父亲还算好的。至于娶后母，这是他的自由，你们要体谅。现在父母不能干涉子女的婚姻，子女当然也不应干涉父亲的婚姻。至于寄钱养子女，那要看他的经济状况，有些人，家里没有积蓄，把子女养到一定的年龄，就让他们独立谋生，这是完全可以的；何况他现在还一直寄钱来呢。你大姐听了，无话可说，以后就不再说这些话了。

我那天对太师母说了一件事，有一次，学校要做手巾操，老师关照每个学生都要准备好两条白手巾，大姐就是不肯给我们买；后来还是您老人家送给我们四条白手巾，才解救了我们的难处。大姐做出来的有些事，真使人为难。

太师母说，有些事，也不好完全怪罪她，她毕竟还年轻。这也许是你们的父母亲当初太娇宠她了，才养成她强横任性的坏脾气。这样的脾气，是要吃亏的。以后碰几个钉子，也许会变好的。谈着，谈着，不知不觉已经三点多了，我和三妹就赶快送她们两位老人回家。

这次游玩，大家尽兴而归。特别是太师母，虽已高龄，却显得格外高兴。

买 书

太师母肚子里的故事很多，记忆力强，讲起来有声有色，引人入胜。这和她老人家看的小说多，口才又好有关。老人家看的小说，大先生在北京时，由大先生给她买；大先生在上海时也经常给她寄书来。有时，太师母自己还要到书店去买。过去是由大姐、许姐姐陪她，大姐姐们离京后，老人家就叫我陪着去买书。

太师母买书的次数虽不多，但给人留下的印象却是很深的。当时像她这样的老太太，识字的就不多，更何况能看大部头小说，而且一次要买好几部呢？记得有一次我陪她老人家买书，当我扶着她老人家刚刚跨进书店，店员们马上就认出了她，热情地起身向老人家招呼，问好：您老人家来啦，您老好啊！老太太的身体真健旺。这回您有好久没有来啦……一面搬出椅子请太师母坐下歇歇，捧出茶来，请老人家喝茶，一面问要看什么书，态度十分殷勤。太师母年事虽高，但听觉很好，只是不完全懂北京话，更不会说北京话，只好笑着和他们点点头。她老人家和北方人说话，要由我来翻译。

太师母选书很内行，一本书拿到手，先看作者，看书名，再看看序言、目录和后记。我则到书架边挑书。有时店员也帮着挑选。他们推荐一些书，但往往大半她老人家已经有了。我请店员取出他们新出版的章回小说，他们都很惊奇，这位老太太能看这许多书。有的称赞说她老人家学问好，有的说她老人家福气好。太师母听了，很和蔼地对他们笑笑。在太师母选书的时候，往往会引起周围买书人的好奇，他们用尊敬而又不解的眼光看着老人。这时老人只管自己找书，不看周围的一切。每当这种时候，我心里总是涌现出一种敬佩和荣幸的感觉来。

我代太师母给鲁迅先生写信

／俞芳

我代太师母给大先生写信，是从一九三〇年三月开始，到一九三五年夏，我大学毕业参加工作为止。这五年多，太师母给大先生的一百多封信，绝大部分是由我代笔的。

这之前，太师母的信多数是由许羡苏姐姐写，间或由宋紫佩先生写（宋紫佩先生是大先生早年的学生，当时在北京图书馆工作，大先生离开北京时，曾嘱托他代为照顾家属，特别是太师母。北京寓所的家用，也是寄存宋处，由他按月送到西三条的）。一九三〇年春羡苏姐离京到大名府师范教书去了，于是太师母就把这个任务交给了我。

大先生对太师母非常敬爱，太师母去信，在一般情况下，他总是尽快地回信。因此这段期间大先生给太师母的信，也近一百封。

太师母给大先生的信，平均每月两封。有时大先生的来信偶有遗失，或因事迟复，太师母就去信询问；如果大先生较长时间没有收到太师母的信，也写信来问，从而发现其间有封把信遗失了。就这样，他们母子间的信在正常情况下，从没有中断过。太师母寄出了信，就把能收到回信的大约时间计算好了，到时候没有回信来，她老人家就焦急起来，我们就商量着再写信去。

回想我代太师母给大先生写信的五年，正是祖国动乱的五年。日本帝国主义疯狂侵略我国，不断制造事端。“九·一八”事变日本强占东北三省之后，又扬言要把侵略战火推向榆关，进而觊觎华北。后来在上海制造“一·二八”事件，就在中国地界内杀人放火。国民党反动政府坚持内战，对外奴颜婢膝，一任日本帝国主义强横侵略，节节退让，叫嚷“攘外必先安内”，置民族存亡于不顾，顽固地坚持它的反动统治。对进步势力实行白色恐怖，对共产党进行五次大“围剿”。配合军事“围剿”，又掀起了反动的文化“围剿”。上海的文化“围剿”中，首当其冲的是大先生。反动派对大先生进行迫害的手段是十分恶毒的。他们对大先生进行人身攻击，禁止发表他的作品，妄图断绝他的生路，甚至恶毒诽谤造谣惑众，使尽鬼蜮伎俩，必欲置大先生和众多的爱国人士于死地而后快。

一九三〇年春，大先生被国民党反动派“通缉”，这是根据浙江省反动派“呈请”决定的。他们给大先生加上“堕落文人”等莫须有的罪名。这项反动“通缉令”直到大先生逝世也没有撤销。仅这一点，就可以想见当时的人民会感到怎样的悲愤了。一九三一年一月柔石等革命战士被捕，反动报纸乘机造谣说，大先生也被逮捕，甚至说他已死了。一九三二年“一·二八”事变，当时大先生一家住在北四川路底，正处于日寇的炮火下面。这是中国地界。时危人贱，住在中国地界的中国人，时时都有被杀害的危险，更何况谣言传来，大先生失踪了呢！太师母焦急万分，幸亏过了两三星期，接连收到大先生两封亲笔信，才使老人家稍为宽怀。但局势险恶，路途纷纭，怎会完全解除老人家对爱子的悬念呢？十一月初太师母终于病倒了，延医服药，总不见效，而且病情日重，一度昏迷。迫不得已，才由宋紫佩先生急电告知大先生，很快就接到大先生“即归”的回电。大先生回来看望并侍奉一别三年的太师母。这一来，她老人家精神上得到极大的安慰，心情特别愉快，病体转危为安，不久病就好了。正如大先生说的，这是“母子的病”。母子的心原是相通的。这次会晤，大先生和太师母谈得很多。太师母深明大义，能理解大先生在上海的困难处境和战斗事业。于是，当她自己大病初愈，她老人家就同意大先生离京返沪。这次大先生离京不久，又传来了谣言，说大先生在途中被捕。好在很快即收到大先生平安抵沪的来信，太师母才放下心来。一九三三年六月十八日，国民党反动派暗杀了人权保障大同盟执行委员杨杏佛先生，太师母从报上得知这消息，震惊，惋惜，气愤，同时更为大先生的安全担忧。一九三四年至一九三五年，大先生一家一直在严酷的白色恐怖下度日，加之大先生身体日见虚弱，太师母愈加为大先生的安全和健康日夜悬心。

太师母和大先生母子间的感情十分深厚。太师母对广平师母和海婴也很关心，每次写信都问到她们。特别是从一九三四年八月起，海婴要每听到大先生给太师母写信，他总吵着自己也要给娘娘(祖母)“写”信。他不会写字，由他口述，广平师母代写，他的话里夹着上海话，大先生就加以注释。从此海婴由广平师母和大先生帮助，也和太师母通信了。太师母和大先生之间的通信，又增加了新的内容。太师母十分喜爱这个孙儿，大先生的信里如果附有他的信，太师母叫我代笔给大先生写回信时，一定叫我也代她给海婴写回信。给海婴的复信，太师母也要听我念草稿，提意见，誊清后还要亲自过目，从不含糊。

我代太师母给鲁迅先生写信，这件事最初是这样开始的：一九三〇年三月初，一个星期天上午，我和三妹去西三条(现在北京的鲁迅故居)看望太师母、大师母(即朱安夫人)两位老人。她们婆媳俩是看着我们长大的，对待我们亲如自家人。我们每次去，都受到她们亲切的热情的招待。那一天，太师母和我们谈起大先生、广平师母和海婴，谈着谈着，话题转到叫我代她老人家给大先生写信上去了。我起先有些为难，因为我从来没有替母亲给儿子写过信，何况这信是写给大先生的，写不好，怕他笑话我。但太师母既点名叫我写，我没有理由推辞。我问太师母：信上怎么称呼？信后怎么署名？信里写些什么？太师母告诉我：称呼“豫才”，署名“母字”，以及要写的几件事。第一封信的内容至今我还有些印象。首先是写许羡苏姐姐离京去大名府教书的消息，再写家里的情况：说大先生离开后，现在许羡苏也离开了，很显得冷清，幸亏有老二、老三(太师母一向是这样称呼我和三妹的)常来谈谈，她们现在长大了，很能帮助家里办些事情。信里还谈到太师母自己的生活，如看书、看报，从报上也能知道些外面的情况。又谈到老人家自己的健康情况，虽然体力不如以前，但无病无灾总算是好的，叫大先生不要挂念。下面是要大先生多多注意身体，广平师母产后(因为是难产)要继续注意调养，海婴牛痘发得好，是好事情，但今后一段时间应注意他的饮食、冷暖等等。我开始有些顾虑，怕写不好，后来硬着头皮写，总算写下来了。记得这封信写得很长，因为太师母要向大先生讲的事情很多，我尽量按照她老人家说话的口气写。信末写“母字”后，我自作主张加上：(俞芳代笔)。信稿写好，我慢慢念给太师母听。虽然太师母当时已是七十四岁高龄，听觉却很好，思维也灵敏。她听到不合适的地方，就提出意见，叫我修改。我边念边改，改到她老人家满意为止。然后誊清，请她过目，老人家看到(俞芳代笔)四字，表示满意，并加称赞。最后由我付邮。

约莫过了两个星期，我去西三条，太师母看到我，第一句话就是：大先生的回信来了。老人家当即把信拿给我看。大先生写给太师母的信，字迹十分工整，口气非常恭敬。信的开头是："母亲大人膝下，敬禀者，"信里他把自称的"男"字，写在右上角，特意写得小一些。称太师母为"大人"，前面空出一格。常用"乞"字表达"请"字的意思。信末写"恭请金安"。署名是"男树叩上""广平及海婴同叩"△月△日。信上对太师母的饮食起居，关怀备至。对海婴的生活状况叙述详细生动。太师母对大先生的来信视若珍宝，老人家看信比我仔细，理解比我深得多，常能从字里行间揣出细微的深意来。后来信慢慢积多了，老人家把信存放在床头枕边，一空下来就翻出来一封封地看，寄托思念之情。那天太师母很兴奋地对我说：这是她和大先生第一次直接通信；由于过去别人代写的信，都是以写者署名的，因比大先生的回信，也是写给他们的。关于太师母的事，只在他们的信里附上几句，由他们转告，这样，老人家总觉得自己和儿子隔了一层。现在好了，太师母说：我可以把自己要说的话全说出来，就好像他在我身边听我讲话一样。……我觉得太师母那天特别高兴，我也分享了一份。于是我马上替她老人家写回信。就这样几次写信之后，我发现太师母对大先生、广平师母和海婴有特殊的感情，她老人家多么希望能看看海婴啊！因为他是大先生唯一的孩子。老人家曾和我说，大先生一九二九年回家告诉她老人家：害马(广平师母)对他十分体贴，做事很能干，两人脾气合得来。……太师母又说：过去大先生一个人在外边，自己总放心不下，现在有害马照顾，就放心了。每当太师母收到大先生寄来海婴的或上海全家的照片，太师母总是爱不释手，反复端详，最后得出结论：海婴这孩子很像大先生小时候的样子。大先生很懂得太师母的心理，知道老人家特别喜爱这个未见过面的孙子，加之海婴还在生长时期，面貌、体态会随着时间起很大变化，所以大先生每年都多次给太师母邮寄海婴或全家的照片。她老人家每次看到孙子的照片，总有说不出的高兴。从这些照片上，老人家得到无上的安慰。

一九三〇年三月至十二月底，大先生寄给太师母十一封信，大先生收到太师母十二封信。

大先生在四月十一日又以海婴照片寄赠太师母，十二月十八日又以海婴照片寄赠太师母。

一九三一年一月，太师母从小报上看到大先生被捕的消息，心里非常焦急，她知道在这种情况下不便多写信，信里也不宜多谈，因为不知底细，反会给大先生增添麻烦。太师母一生的经历，走过的坎坷道路，加上她坚强的性格，从大先生那里学得的对敌斗争的经验，使她老人家虽然焦灼不安，但仍能耐心、镇静地等待着确实的消息。熬过了很多个不眠之夜，直到二月初收到大先生的亲笔信。这是一封辟谣的信。书报平安，并乞太师母今后不要轻信谣言。太师母阅后释怀，马上写了回信。

六月，太师母收到大先生从上海寄来的八箱书，这给太师母带来极大的喜悦和希望。她老人家认为这是大先生一家将搬回北京的先兆，因为大先生曾对太师母说过，以后要到北京住一个时期，利用北京图书馆的书籍，编写《中国字体变迁史》及《中国文学史》……。老人家想到海婴绕着膝边转，听娘娘讲故事的“天伦之乐”即将实现时，真有说不出的喜悦。老人家有时和我商量，他们回来时，将买些什么东西送给害马和海婴做见面礼，还想着给不到两周岁的孙子海婴买些什么玩具，给他买些什么吃的、穿的，心里的高兴啊，简直无法用言语形容。

一九三一年大先生寄给太师母十三封信，大先生收到太师母八封信(估计三月、六月、十一月曾遗失过太师母寄给大先生的二至三封信)。

五月三十日大先生寄书八箱到京寓。

四月三日大先生寄火腿一只送给太师母，九月七日又寄火腿一只。

六月五日大先生托宋紫佩先生转交海婴的照片给太师母，八月十一日又寄海婴照片。

一九三二年是多事的一年。大先生的大学院编辑费停发了。此后经济来源只靠稿费和版税，顿感拮据。上海“一·二八”事变发生，太师母十分记挂大先生、三先生两家人的安全。根据当时报载，北四川路已成战场，这一带难民载道，扶老携幼，无家可归，惨不忍睹。……太师母这次确是急得吃不下饭，睡不好觉。接着又传闻大先生“失踪”的消息，老人家越加焦急了。我们安慰太师母，她老人家说：这是真刀真枪啊，日本人的枪弹是不生眼睛的，怎么能保得住他们不出意外呢？幸亏大先生及时接连来了两封信，告知太师母两家人都安全，只是损失了些东西。海婴在逃难中染上疹子，太师母的回信说：这次事变，规模很大，遍及上海，影响全国。中国地界的中国人，家破人亡，为数颇多；损失巨大，无法统计。你等家在火线下，两家人都安全，实属万幸，损失些许东西物品，算不了什么，以后慢慢添置好了。关于海婴出疹子事，太师母却十分挂心，真是千叮咛万嘱咐，说：孩子出疹子是一生中的大事，调养得好，许多顽疾可以带出、断根；调养不好，易生病症，会影响发育和毕生的健康，一定要让孩子得到好好调养，大人要多陪伴，不使他感到寂寞，要使他愉快地度过一个多月。并说这不是娇宠，是为了孩子将来的健康。……太师母恨不得把自己育儿的经验，全部传授给大先生和广平师母。

这年十一月太师母病重，大先生接到电报即动身回北京探望。十三日下午二时半抵京，三时到家。太师母见到大先生远路赶来探望，精神上得到很大安慰，再加上医治、服药、病体日见痊愈。

这次大先生在北京只住了十五天，忙得很：他侍奉太师母，为之延医诊治，进言珍摄之道；拜访旧友，参加旧友们为他洗尘、送别等等宴会，接待进步青年及来访者；秘密参加北方左联的文化团体和社团的有关活动；整理旧书和拓片；写信；到学校讲演。十一月二十七日下午在北师大讲演，那一天上午我在太师母房里和大先生说：大先生，过去你到大学讲演，那时我还小，听不懂，不能去。今天你到我们学校讲演，我一定要去听了。好不好？大先生微笑着表示同意。其实，这次是公开讲演，即使不是北师大学生，也可以去听，何况我是本校的学生呢。后来想想我这个请求实在是多余的，但太师母却把我和大先生的这几句对话记在心上了。事后太师母告诉我：那天大先生讲演回来，我问他：老二来听了吗？大先生说：总来了吧，可是我没有见到她，因为听讲的人太多。我听了太师母的话，心里想，太师母没估计到大先生对青年学生的吸引力，听众达几千人的讲演场面，叫大先生怎么能看见我这个普通听众呢！我又想，她老人家如果知道大先生在青年学生心目中的地位，一定不会问出这句可笑的话来的。

大先生到上海后，生怕太师母焦急，又记挂着太师母的健康恢复情况，很快就写信来问候了。当太师母叫我写回信时，我试探着问：大先生有没有笑话我信写得不好？太师母说：没有。大先生是看着你长大的，他怎么会笑话你呢？又说：大先生说你写的信很清楚。我说：这是太师母教我的。太师母又说：他常说他离开北京几年，你们长大多了。

一九三二年大先生收到太师母二十五封信，其中一月、三月各遗失一至二封。大先生寄给太师母二十一封信。

十一月二十五日，大先生在北京新华书店买《花列传》一部，共四本，送给太师母。

五月十三日、九月二十四日大先生两次以海婴照片寄赠太师母。

十月十八日，大先生收到太师母寄赠的羊皮袍料一件。

一九三三年一月，大先生参加中国民权保障同盟会，并当选为执行委员之一。民权会对国民党的压迫和帝国主义的暴行，多次和进步文化界一起发表宣言，提出抗议，营救被捕的革命者并接济他们的家属。因而被国民党反动派视为眼中钉。同年六月十八日，民权保障同盟的执行委员兼秘书长杨杏佛先生惨遭国民党特务暗杀，反动派还放出要杀害鲁迅先生等进步人士的恐怖空气。在这白色恐怖的严重威胁下，大先生不顾个人安危，毅然参加杨杏佛先生的送殓。而且离家时不带钥匙，以示“无怖于死”。送殓回来，成诗一首，题为《悼杨铨》：“岂有豪情似旧时，花开花落两由之。何期泪洒江南雨，又为斯民哭健儿。”充分表现了大先生大义凛然的大无畏精神。

这一年大先生的收入比以前减少很多，经济上更加拮据了。大学院每月三百元编辑费，虽自上一年停发，过去尚有些积蓄；但经过“一·二八”事件家中的损失，大先生回北京探望太师母病，海婴发疹子后的营养开支，广平师母和大先生医治疾病，外加对友人、进步青年的资助，积蓄渐尽。经济来源只靠卖文为生，而在白色恐怖下，大先生的文章很难公开发表，使得他不得不屡改笔名，还须请人代抄。就是这样，也仍常被检查者抽去，甚或删改，删得不成样子。于是只好紧缩开支，过着艰苦的生活。在精神上，大先生也时时感到处境的艰难，这在七月十一日他写给太师母的信上，可以看出一二。信中写道：

……家中既可没有问题，甚好，其实以现在生活之艰难，家中历来之生活法，也还要算是中上，倘还不能相谅，大惊小怪，那真是使人为难了。

现既特雇一人，专门服侍，就这样试试再看罢。（这里指的是当时朱夫人有病，但不太严重，她去看病，医生诊断是“更年期”的疾病，右手抬不起，是“五十肩”。这里谈到生活虽是艰难，但家中的生活还算中上，倘大惊小怪，那真叫人为难了的话，全指朱安夫人——俞注。）男一切如常，但因平日多讲话，毫不客气，所以怀恨者颇多，现在不大走出外面去，只在寓里看看书，但也仍做文章，因为这是吃饭所必需，无法停止也，然而因此又会遇到危险，真是无法可想。（这段谈到他的处境艰难，为了生活，不得不写文章，写文章又会遇到危险。这矛盾无法解决。——俞注）

太师母看了这信，深有感触。老人家对我说：你们大先生负担确实太重，处境艰难。他自幼为人忠厚，是非分明。对朋友，心地善良，有义气，但对不正派的人，不留情面。太师母看了这封信的前半段，从心底里感到难过。只是后面谈及海婴活泼、聪明的情景才使老人家稍为开怀些。

我还记得大先生有一次来信，谈到绍兴老家远房长辈心梅叔曾写信给他，提到要修祖坟事。太师母收到这封信，写信告知大先生，认为修祖坟的这笔钱，应由大先生等三兄弟合理分担。大先生回信说：“……心梅叔有信寄老三（周建人，即三先生），云修坟已经动工，细账等完工后再寄。此项经费，已由男预先寄去五十元，大约已所差无几，请大人不必再向八道湾（周作人的寓所）提起，免得因为一点小事，或至于淘气也。……”太师母看到这信十分感动，称赞大先生体谅老人，处处为别人着想，他经济很紧，但情愿自己节省，也不愿使母亲淘气，他为母亲想得多么周到呵。

这一年里大先生收到太师母三十一封信，大先生寄给太师母二十三封信。

一月十三日大先生托川岛先生带《啼笑因缘》一部给太师母。

二月八日、四月七日、十一月二十三日太师母先后寄食物三包给大先生。

三月十九日太师母为了弥补大先生的经济困难，把从自己的零用钱中节省下来的五十元，寄给大先生。

九月十七日大先生将海婴的照片寄给太师母。

十一月二十四日大先生寄火腿一只送给太师母。

一九三四年海婴五周岁，太师母在冬天送给他一件外套，表示老人家对海婴深沉喜爱之情。这件大衣是太师母叫我到东安市场去买的。海婴的近照我是多次看过的，但外套的尺寸我却不知道。应该买多大的呢？从照片上看不出，太师母也说不出。我想店员也许知道，于是告诉店员，要买五周岁男孩子穿的大衣。店员拿出好几件由我挑选，我选了一件我认为最好看的大衣。太师母看了也很中意，称赞我会买东西。将大衣寄到上海，大先生的回信来了，信里这样写着：

……来信并小包两个，均于昨日下午收到。这许多东西，海婴高兴得很，他奇怪道：娘娘怎么会认识我的呢？

外套稍小，可是太师母不但不埋怨我买得不好，反而说：这件外套，两房的孩子都能穿到，太好了。

大先生身体不好，常生病，前些时候的信也提到胃痛病等等。太师母非常挂念，写回信时千叮万嘱叫大先生不可大意，要尽快医病服药，工作要减少，多多休息调养；收入少，收缩开支，节省着过日子，切莫累坏了身体。太师母很希望大先生一家回北京来，她说：换个地方，身体可以养好些。但老人家从没想到大先生的病已非常严重，因为一九三二年冬，太师母看到大先生的身体是很健康的。身体垮得这样快，老人家怎么料得到呢？

太师母对大先生在信上提到海婴的地方特别感兴趣。太师母想到，海婴已经五足岁了，他的照片，大先生是常寄来的，而老人家自己的照片却没寄给他们过，海婴和三先生的孩子都没见过自己，于是把长孙周丰一在一九三三年四月间，给她老人家拍的那张坐在藤椅上的单人全身照片拿出来（这张照片神态自然，大家都说好），托人加印了两张，寄给大先生、三先生各一张，让在上海的孙儿孙女们看看娘娘的模样。大先生很珍惜太师母的照片，他写信给太师母说：“……这张相照的很好，看起来，与男前年回家的时候，模样并无什么不同，不胜欣慰。海婴已看过，他总算第一回认识娘娘了。……”太师母看了这几封信，十分高兴。

太师母对海婴的信非常重视，做到有信必复。并且觉得海婴聪明、有趣。从此，未见过面的祖孙两人，借着广平师母和大先生之助，就通起信来了。从大先生的来信中知道，遇到大先生在夜里写信，海婴赶不上班；如白天写信，海婴是一定要吵着给娘娘“写”信的。

一九三四年，大先生寄给太师母二十三封信。大先生收到太师母二十七封信。

在来往的五十封信中，大先生有几封信隐隐约约谈到自己的身体没有以前好。

尽管大先生信写得较为含蓄，但瞒不过太师母。她是位有文化很敏锐的老人，每次看信都非常仔细，老人家经常为大先生的健康担心，特别是接到大先生七月底发出的那封信，看了其中“……男因在风中睡熟，生了两天小伤风，现已痊愈”一段，老人心疼得很，说：他身体已很虚弱，怎能经得住在风中睡熟呢？人睡熟时汗毛孔是开着的，吹风着凉，就要发病的。太师母看到大先生八月十二日发出的信：“……今年我们本想在夏初来看母亲，后来因为男走不开，广平又不愿男独自留在上海，牵牵扯扯，只好中止了。但将来我们总想找机会北上一次。……”太师母说：他们来，一行三人，行动不便，还是我去上海好，我到上海可以看到老大、老三两家人。

一九三五年六月底，我离开北京，辞别太师母和大师母，到杭州工作，所以这一年我代太师母写信，只有半年。

在这六个月里，大先生寄给太师母的信很少。这更促使太师母想念他们，从一月份起老人家就想着到上海住上一阵，看看大先生、三先生两家人，特别是孙儿、孙女们。这些孩子，到现在为止，还没有看见过他们的娘娘呢，太师母心里多么惦记他们啊！老人家的心，似乎已经飞往上海去了：经常想着送他们什么见面礼，怎样帮助广平师母把大先生的身体调理好，讲些什么故事给孙儿、孙女们听，把他们的注意力引到他们的娘娘这边来，使得大先生和三先生有时间工作，使广平师母和三师母能腾出手来照顾大先生、三先生。想着，想着，想到现实问题上去了：想到自己已是七十九岁的人，在家里生活起居都要人照顾，出远门总得有人陪送，到上海也得有保姆照顾。潘妈照顾她老人家已十多年，很贴心，她老人家想把潘妈带去。潘妈是满族人，寡妇，无儿无女，无牵无挂，她也愿意跟着太师母去上海的。但是，潘妈没出过远门。一九三五年暑假，我大学毕业，我父亲也要我回家乡看看。有一天我和太师母闲谈，得知太师母因没有合适的人送她老人家到上海而发愁。我说，暑假里我要回家乡去看父亲和继母，我送您老人家去上海好不好？太师母当然高兴。她老人家叫我代写信给大先生，问他太师母到上海由我送去好不好？又问他，有人送要不要再带潘妈？大先生在三月一日先后发出两封信，第一封认为由我伴送到上海，那是再好不过的了，等等。第二封信劝太师母不要带潘妈，因为南北言语、习惯不同，潘妈到上海，未必能发挥作用。……太师母的心安下来了，等着暑假由我陪伴到上海去。老人家知道上海的孙儿、孙女们都喜欢吃她老人家亲手制作的甜干菜。北京的白菜好，她开始做甜干菜了，白天晒，晚上烘、焙，真够辛苦的。老人家当时已是七十九岁的高龄，但她是一位不服老、不肯空闲的老人，况且她想着，这是要带给上海的孙儿、孙女们吃的，她们喜欢吃，她自己累点又何妨。此外太师母还亲手晒发芽豆，整天忙个不停，精神十分愉快，一心一意只等暑假到来。不巧，不久太师母的胃病发作了，病的时间比较长，医生叫她不要出远门，不可过于劳累，她只好暂时不去上海了，做好的干菜等食物邮寄到上海。

一九三五年一月至六月半年时间，大先生给太师母写了六封信，大先生收到太师母十一封信。

大先生在一月十五日收到太师母寄去的食物一包。三月二十七日收到太师母寄去的邮包一个，内有干菜、芽豆、刀、镊、顶针等物。四月五日收到太师母寄去的食品一包。

大先生在一月九日以海婴照片寄给太师母。

暑假到了，我离开北京前，到西三条向太师母、大师母辞行。十二年来，我备受太师母、大先生、大师母的关怀教育。老人家在精神上鼓励我，在物质上资助我，在生活上无微不至地爱抚我，这一切真是说不尽的。一旦分离，特别是不能伴送太师母去上海，心里真有说不出的难过。我万万没想到，一九三五年暑假和太师母、大师母一别，竟成永诀，至今想起，心里仍非常难过。但这是永远无法挽回的。

写到这里，我思绪万端，心潮难平。一九三五年暑假，我没有陪送太师母到上海，现在想起来还感到内疚。虽然，当时客观上是太师母病了，医生说：她年事已高，身体又弱，不宜远行，乘火车去上海，恐不相宜；但我常想：如果那时我劝太师母冒险和我一起到了上海，她老人家看到大先生、三先生两家人，祖孙三代团聚，太师母晚年的生活必然过得充实、热闹而富有生趣；大先生的身体，在太师母和广平师母的悉心照料下，寿命或可延长几年，然而……

从他们母子的信件往还中，我深深体味到，大先生在上海，确是历尽了艰险和坎坷。晚年靠卖文为生，收入有限，他上有老母，下有妻儿，负担十分沉重。但是，他为革命呕心沥血，鞠躬尽瘁。面对反动派的白色恐怖，他横眉冷对，迎战顽敌，领导“左联”进行不妥协的反“文化围剿”斗争，取得了辉煌的成绩。……每当革命生死搏斗的关键时刻，他总是义无反顾，始终站在革命斗争的最前列。先生的这种高贵品德，给我留下了极为深刻的印象。

从代太师母写信的过程中，我还进一步了解到她老人家对大先生的喜爱。他们母子间的信件，表面看，有些是问寒问暖，书报平安，似觉平常，其实，中间蕴含着多少母子深情和正义的支持呵。如有一次太师母患感冒，发热，我代太师母写信时，把这些情况写了上去，太师母看了，叫我把这段去掉，老人家说：我的病过几天会好的，老大在上海很忙，要他们为我担忧，妨碍工作，是不好的。再如大先生有一次来信谈到自己平日多说话，毫不客气，所以怀恨者颇多。我清楚地记得，太师母对这几句话的回答是：该说的话还是要说，不必留情面。多么刚正可敬的老人呵！

太师母、大先生的感情深厚，相互间体贴关怀，微妙、细腻的母子深情，有许多是我这个代笔人的拙笔根本无法表达的。

每当想起这些事，我心里总感到沉重、惭愧，而个中的内疚又是永远无法弥补的。

后记

/夏晓静

一个偶然的机会我和中国青年出版社的申永霞编辑相识。两位母亲谈起了另一位母亲：鲁迅的母亲——鲁瑞。永霞告诉我她很想出《鲁迅致母亲信》这本书，于是我们从鲁迅聊到母亲，谈到朱安、许广平，聊到鲁迅的爱子周海婴。我们很想穿越时空，和他们亲近对话，靠近他们的生活，走进他们的世界，于是就有了这本书。

为了编好这本书，我重温了很多资料，有关母亲鲁瑞的回忆文章并不多，散见在鲁迅的亲属和同时代人的回忆中，为了便于对这位伟大母亲有更深入的了解，特别将许广平的《母亲》一文和俞芳的几篇文章收入附录。

在手机逐渐取代日常生活中的重要记录时，老照片就更能展现出它自身的魅力。书中穿插了一些鲁迅随信寄给母亲，并保留至今的珍贵照片，这样既能表现三代人的温情，又能带读者回到民国，感受一下那个时代的摄影审美和装帧艺术。信笺与文字的互动，照片与内容的参照，让我们了解到一代伟人的生活历程和内在亲情。

1918年，鲁迅在《新青年》上发表第一篇白话小说《狂人日记》时，开始使用笔名“鲁迅”，“鲁”字来自母姓。1896年9月鲁迅父亲去世后。鲁瑞挑起了一大家子的生活重担，时年38岁。自此大家庭开始走向衰落，她以坚韧的脚步，踏着绍兴水乡的青石板，一步一步顽强地走过来，让三个儿子陆续从小小的老台门走出绍兴，走出国门，来到北京，成为20世纪中国文化史上耀眼的周氏三兄弟。

母亲性格乐观、开朗，精神活泼、强健，特别喜爱和年轻人交朋友。她虽然从小接受的是传统的家庭教育，但思想却很开明，善于接受新鲜事物。还时常把自己不多的零用钱，送给急需的人。鲁迅后来的很多做法都能看到母亲的影子。如他坚韧的性格，为穷困青年垫付学费，送青年学子书籍资料等，都受着母亲的影响。鲁迅的“旧日学生”荆有麟在《母亲的影响》一文道：“鲁迅先生自己就讲过这样的话：因为老太太要看书，我不得不到处搜集小说，又因为老太太记性好，改头换面的东西，她一看，就讲出来，说与什么书是相同的，使我晓得：许多书的来源同改装。”“先生的《中国小说史略》《小说旧闻钞》《唐宋传奇》就都是在这一影响下，而研究，而整理，而公诸社会的。”

关于鲁迅与朱安的婚姻是一个绕不开的话题，也是鲁迅和母亲之间的一个“梗”。鲁迅痛苦着，母亲看到他不快乐，同样也痛苦着。随后的周作人和周建人的婚姻她没有再去干涉。母亲知道，在这个大家族遭遇不幸的时候，是长子和她一起担负起了家庭的重任。晚年在谈到鲁迅时她曾对人说:他最能体谅我的难处。

1944年9月23日朱安致内山完造信中说:“鲁迅生前，我和我婆母周老太太的生活费，每月的都提前寄到，过年过节总是格外从丰。”鲁迅是最早也是着墨最多地描写母亲形象的作家。他一生塑造了很多母亲的形象。如《社戏》《故乡》《在酒楼上》中的“我的母亲”，《祝福》中的祥林嫂，《明天》中的单四嫂子，《药》中的华大妈、夏四奶奶，《铸剑》中“含着无限悲哀”的母亲，《颓败线上的颤动》中的“老女人”。这些不同类型的母亲形象，不仅受到封建等级思想的严重束缚，而且，封建节烈思想深深地戕害着她们的身心，以致反过来又成为儿女们思想解放的羁绊。鲁迅之所以能创作出这么多生动的母亲形象，与他的母亲鲁瑞，与夫人朱安，与他曲折坎坷的人生经历是分不开的。这些形象既蕴蓄着深邃的理性透析,又包含着极其复杂的内心体验，同时，也有自己的影子。

书编就，掩卷长思，被鲁迅和母亲间的温情打动，也替“人之子”海婴的健康成长高兴，同时为旧道德牺牲的朱安洒泪。这些书信中鲁迅虽然只提到过三次朱安，但却是对朱安的最好安慰。信中表示了朱安托大先生为她的弟弟在上海寻找工作，鲁迅都一一答应，并给予了帮助。

在此要特别致谢的是王得后先生，有了出这本书的意向后，很想请王先生为这本书作序，他既是鲁迅研究专家，又是《两地书》的研究专家，还是国家重大项目《鲁迅手稿全集》书信组的负责专家，但由于眼疾，使他看书写字已十分困难，军用放大镜已成为他出门必带的“武器”，所以很遗憾。不过王先生还是给了我很多鼓励和帮助。

今年是鲁瑞诞辰162周年，谨以此书献给这位平凡而又伟大的母亲。

图书在版编目（CIP）数据

母亲大人膝下：1932–1936 年寄母亲信 / 鲁迅著
. -- 北京：中国青年出版社，2018.4
ISBN 978-7-5153-5082-0

Ⅰ.①母… Ⅱ.①鲁… Ⅲ.①鲁迅书简—选集 Ⅳ.
① I210.7

中国版本图书馆 CIP 数据核字 (2018) 第 070856 号

责任编辑：申永霞
装帧设计：八 月 小虎熊
排版制作：小 武

出版发行：中国青年出版社
社址：北京东四十二条 21 号
邮政编码：100708
网址：www.cyp.com.cn
编辑部电话：（010）57350501
门市部电话：（010）57350370
印刷：北京富诚彩色印刷有限公司
经销：新华书店经销
开本：787 × 1092 1/16
印张：14.5
字数：50 千字
版次：2019 年 1 月北京第 1 版
印次：2019 年 1 月北京第 1 次印刷
印数：1—5000 册
定价：98.00 元

本书如有印装质量问题，请凭购书发票与质检部联系调换
联系电话：(010)57350337